榮国物語
春華とりかえ抄　七

一石月下

富士見L文庫

目次

人物紹介

◆青春蘭《せいしゅんらん》――宰相秘書官。双子の片割れ。男装し官僚として宮廷に勤める。

◆天海宝《てんかいほう》――榮国宰相。春蘭の上司。前王朝の皇族でもある。

◆青春雷《せいしゅんらい》――皇女の侍女。双子の片割れ。女装し後宮で皇女に仕える。

◆蘇莉珠《そりじゅ》――榮国皇女。春雷の主であり、現皇帝の第一子。

◆楊秋明《ようしゅうめい》――宦官。双子のとりかえを手伝った人物。あらゆる情報に精通する。

◆王紫峰《おうしほう》——刑部の官僚。春蘭と海宝の友人。司法を司る刑部に勤める。

◆華杏子《かきょうし》——皇女の侍女。春雷と同じく皇女に仕える。

◆孟梅香《もうばいこう》——孟家の令嬢。海宝の又従妹であり、春蘭の友人。

◆趙景翔《ちょうけいしょう》——枢密使。海宝の元部下。現在は軍事を司る。

◆董白水《とうはくすい》——三司使。白面秀眉の貴公子。謎めいた知性と美貌を持つ。

◆李子君《りしくん》——三司の官僚。敵陣営の人物だが、たびたび双子に手を貸す。

◆羅玄瑞《らげんずい》——御史台の官僚。皇后の弟。何度も海宝と対立した過去がある。

誰しも、生まれた時点である程度、人生は決まっているのだろう。

どのような身分で生まれたのか。どのような場所で生まれたのか。どのような容姿を持って生まれてきたのか。そして、どんな性別で生まれてきたのか。

一つ一つの要素で人生は分岐していく。

誰もが羨むような輝かしい人生になることもあれば、地獄と思うような人生になることもあるだろうし、取るに足らない人生になることもあるだろう。生まれ持ったものが違う以上、全員が等しくというのは難しい。

それでも人は生を全うしようとする。

生まれ持った性質を己の武器として、人生をより良《よ》いものにしようと努力する。

多くの者はその過程で現状に満足するか、もしくは妥協するだろう。己の武器で闘えるのはここまでだと悟り、現実に適応していく。

しかし全ての者がそうではない。

己の性質が現実という枠に収まらない場合、人は理想と現実との相違に苦しみ、闘わざるを得なくなる。生まれ持った武器を振りかざし、新たな道を拓《ひら》くことで、なんとか居場所を確保しようとするのだ。

闘った結果、人は歪《ゆが》みを得ることになるだろう。

理想を追い求めて折り曲げた現実は、もう自然の形ではないのだから。


一体、何が誤りだったのだろう。

現実に適応できないことが悪いのか。既存の壁を打ち壊そうともがいたことが悪いのか。

それとも、適応させることを許さなかった世界そのものが悪いのか。

答えはまだ誰にもわからない。


とりかえの罪を犯した双子にも。

とりかえに手を貸した宦官《かんがん》にも。

人を欺き、地位を手に入れた宰相にも。

皇族を利用し、利益を享受した貴族にも。

歪みがあることを知りながら、国を正せなかった皇族にも。

第一章　曲水

茜色《あかねいろ》の空に宵の月が昇る夕時。

風の音だけが響く静寂の中で、春蘭《しゅんらん》は強く海宝《かいほう》に抱き締められていた。

『枢密院《すうみついん》で俺の傍《そば》に付いてくれていた頃からではない。我が一族の霊廟《れいびょう》で出会ったときから――初めて会ったあの雨の日からずっと……愛している』

絞り出すように海宝が口にした言葉。頭の中で何度も反響し、繰り返し再生される。真っ白だった頭の中に、その言葉が焼き付いて離れなくなった。

初めて会ったあの雨の日からずっと。

そこには信じたくない、けれど明らかな事実が込められていた。

「初めて霊廟で会ったとき、って……」

春蘭は身体《からだ》を硬くし、縮こまった。

彼は知ったとでもいうのか？　春蘭たちの抱える秘密を……？

どくりどくりと心臓の音が大きくなっていく。逸《はや》る心を抑えようとするが収まらない。

「何のことです？　私とあなたが初めて会ったのは、枢密院だったはず……そうでしょう？」

彼が一体、どういうつもりであの言葉を口にしたのか。

少なくとも、それだけは知らなければならない。

恐る恐る海宝の反応を待つ。しかし強く抱き締められているせいで、彼の表情は見えない。わずかに見える肩口から様子を窺《うかが》おうとしてみても、息を詰めてしまったかのように止まっているだけだ。

焦りは募り、色々なことが頭をよぎった。

疑惑を抱かれたことは……明らかだ。

だが一体どこまで知られてしまったのか。そもそもなぜ疑惑を抱くに至ったのか。どういうつもりで春蘭に直接尋ねてきたのか。

「私が枢密院に配属され、初めて挨拶したではないですか。あのとき、お互い第一印象は最悪で……ほら、あなたは我々を利用して宰相の座に就くなんて言ったものですから」

話しながらきっかけを探る。海宝が話してくれるきっかけを。

「――そう」

海宝が少しだけ口を開いた。彼もひどく動揺しているのだろう。その声は様々な感情で震えている。

「俺は双子を自らの企《たくら》みに使おうとした。利発な弟の春雷《しゅんらい》と、美しい姉の春蘭を。最初は信じて疑わなかった。お前たちのことを。それぞれの性質を。……だが、お前たちの言動や周囲の者たちの言動に少々思うことがあり、真実を確かめるため江遼《こうりょう》へ使者を送った」

江遼は春蘭と春雷の故郷。そこへ使者を送るということは……。

「そして、知った」

――ああ、そうか。

「姉の春蘭と弟の春雷。二人の抱える重大な真実を」

やはり……そうなのか。

諦めの気持ちが湧くと共に、春蘭は身体の力が抜けるのを感じた。今の地位とそれに至る努力を守るために、この人だけは決して巻き込んではいけないと思っていた。

それなのに、巻き込んでしまった。

ふらりと揺れる春蘭の身体を、海宝が支えた。

「お前が家のことで苦労していたのは知っていた。だが、それほどまでに思い悩んでいたのか？　ならば、俺にできることはないか」

こんな状況だというのに、気遣いをしてくれている。その事実にますます胸が痛くなった。これほど優しい人に自分は何を言えるだろう。

真実を告げた方がいいのか、それとも——。

長い時間が経過した。それから、春蘭は海宝の胸をそっと押しやった。

「……ごめんなさい」

今、明かすべきではない。

明かすのは、全ての心配事を排除した後だ。

「閣下のおっしゃることを、今は否定も肯定もできかねます」

海宝は詰めていた気持ちを吐き出すかのように、長い息をついた。だが誠実でありたいという気持ちは伝わったのだろう、すぐに反論したりはしなかった。

「話したくないわけではないのです。ですが、今はあなたを巻き込みたくはありません。あなたの地位がどれほどの苦難の果てに得られたものか、知っているからこそ」

「俺の地位……だが、そんなものは——」

「大切なものです。あなたにとっても、私にとっても」

「そうか。お前にとっても、か……」

海宝の声に、諦めの色が滲《にじ》んだ。

「そうだな。俺の地位には、お前の努力も含まれているのだったな」

確かに海宝だけでなく春蘭の努力も含まれている。意図して言ったことではなかったが、その事実が結果的に海宝を納得させることになってしまった。

春蘭を抱き締めていた海宝の手は力が抜け、だらりと下がった。

――春蘭が押しやった分の空白。

――海宝が諦めた分の空白。

二人の間に、ちょうど拳二つ分くらいの空白ができた。

「ならば、今はこれ以上聞くまい」

その空白を見つめながら海宝は言った。

「だが、助けが欲しいときには遠慮なく言ってほしい。こちらも今までと同じようにお前を『秘書官』として頼る。いいな？」

「……はい、もちろん」

こうして、住み始めて約半年となる大きな屋敷《やしき》は、春蘭にとって居心地の悪い場所になってしまった。

広すぎる自室にも、寝心地が良すぎる寝台にも、屋敷中を見渡せる気持ちのいい中庭にも、ようやく慣れてきた頃だったのに。今はいつになく緊張し、じっと息をひそめて暮らすしかない。もし顔を合わせてしまったら、どうすればいいかわからないから。

そういうわけで宰相府の執務室に籠もることが多くなった。今の春蘭にとって、物言わぬ書類の山はなによりも安心できた。

ある日もまた、春蘭が自分の執務室で雑務に明け暮れていたときだった。

「秘書官、いますか？　少々失礼しても？」

執務室の外から馴染《なじ》みのある声が聞こえた。

「ええ、どうぞ」

扉が開き、豪奢《ごうしゃ》な絹の織物《おりもの》をまとった男性が現れる。

副宰相の凌星河《りょうせいが》だ。彼は一礼した後、ふわりと華やかな笑みを浮かべた。

「今日も書類とにらめっこですか。お疲れ様ですね」

「凌参政《さんせい》こそ。日々率先して宰相府をまとめてくださり、感謝のしようもありません」

星河が宰相陣営に参画してからまだ日は浅いが、その活躍ぶりは目ざましかった。

皇帝からの詔勅や各所からの要請が下りてくれば、すぐさま宰相の海宝や同じ副宰相の劉《りゅう》以賢《いけん》と話し合う。そして方針が決まると、春蘭を含めた宰相付きの侍中たちに指示を出してくれる。その仕事は迅速かつ的確だ。

彼のお蔭《かげ》で春蘭の負担は大きく減り、自らの業務に集中できるようになった。

「それで、どのような用件でしょう。何か危急の事態でも？」

春蘭が聞くと、星河は後ろ手で執務室の扉を閉め、小さな声で言った。

「実はですね、少々、秘書官のお耳に入れておいた方がよいと思ったことがありまして」

「というと？」

「三司《さんし》の動きです」

三司、と聞いて無意識に身体に力が入る。

三司は白面秀眉の貴公子と呼ばれる、董白水《とうはくすい》が率いる機関。宰相陣営にとっては最大の敵対勢力だ。財政を司《つかさど》っているため行政とも密接に関わっており、かつて宰相府が決定した予算を三司が承認しなかったことによって、行政が一時滞ったこともあった。

いつ、どこで、何を仕掛けられるかわからない。

そのため常に三司の動向を把握し、警戒しておく必要があった。

「しばらくおかしな動きはありませんでしたが、ここ最近で、なぜか工部《こうぶ》の予算に変更を加えようとしています。特に、廂軍《しょうぐん》の予算を削減しようと」

「廂軍の予算削減？」

初めて聞く情報に春蘭は眉をひそめた。廂軍とは地方に配備されている軍のことだ。軍と名が付いてはいるが、主に地方の土木工事を担っており、戦に駆り出されることはない。中央の禁軍に比べ、平時にはそれほど重要視されてもいない。

「一体なぜ……」

「わかりません。地方の工事を減らし、中央に重きを置くつもりなのか。それとも別の狙いがあるのか。いずれにせよ、意図があるのは確かでしょう。相手は董白水ですから」

春蘭は頷《うなず》いた。

「ですので僕は金の動きを追います。削減される予算があるのなら浮いた分は別のどこかへ流れていくはず。行き先を突き止めれば、白水の目的も探れるでしょう。また、その過程で秘書官の力を借りることもあると思います。ですから今日は事前の情報共有をと」

「わかりました。私の力であれば、いつでも」

それからさらに説明を受けた後――星河が表情を緩め、「それにしても」と言った。

「意外ですね。まだ秘書官のお耳に入っていなかったとは」

意味がわからず、春蘭は首を傾《かし》げた。すると星河は言葉を選びつつ続けた。

「いえ、今までであれば秘書官が一番の情報通でしたから。この宰相府において、宰相閣下に次いで、ね」

くつろぎかけていた身体に緊張が走る。

――海宝とのことについて、勘ぐられているのか。

そう考えかけて、すぐに違うと気付く。勘ぐるまでもなかっただろう。遊び人として普段から数多くの人間と関わる彼だ。人間関係に関する嗅覚はきっと誰よりも鋭い。

とはいえ、ばれている上で何と返すべきか。

春蘭が悩んでいると、星河の方からこう言った。

「ああ、いいんです、いいんです。生きていれば色々なことがありますから」

生きていれば色々なことがある。本当にその通りだ。

かつて春蘭は正々堂々自分の道を歩んでいた。恥じも恐れもなく、信念を貫き通していた。ずっとそうしていたつもりだった。

なのに今、色んなものが歪《ゆが》んでいる。気付けば勝手に転がって、どんどん大きくなっている。その中に自分自身がいるのかさえ、もうわからない。

けれど——いや、だからこそ、か。

「……あの」

「ん？」

「羅玄瑞《らげんずい》と皇后の訴えを退けた、あの翌日からです。私が宰相閣下と直接お話ししていないのは」

いきなり告白を始めた春蘭に、星河がきょとんとした。

それでも春蘭は伝えたかった。周りは皆、大人ばかりだ。星河にしても海宝にしても、言葉にせずとも態度で察してくれる。だからこそ思うのだ。甘えてばかりでいいのだろうかと。全てを告げることはできないとしても、誠意を示すべきではないかと。

星河はしばらく目をぱちぱちさせた後、呆《あき》れたような顔になった。

「秘書官は、変に真面目ですね」

「そうでしょうか？」

「ええ。でもまあ正直言うと助かります。知っていれば対応のしようがありますから。今回のようにあらかじめ情報を共有したり、連携を取ったりとね」

見返りが欲しくて告げたわけではないが、結果的に助力を得られるのであれば、ありがたいことこの上ない。

「本当にありがとうございます」

「いえいえ。ところで、一つ提案があるのですが。今の秘書官は屋敷に帰るのに障りがある様子。なら、今夜は僕の家に来てみてはどうですか？」

栗色《くりいろ》の巻き毛をさらりと撫《な》でながら花のような笑みを浮かべる様は、もう副宰相ではなくただの遊び人と化していた。ならばこちらの仕事も終わりだ。

「いえ、それは大丈夫です。全く」

「んー、駄目でしたか。相変わらずつれませんね〜」

それからしばらく、春蘭は書類と向き合った。やることがそれしかないせいか、山と積まれていた書類が夕方には全て片付いてしまった。とはいえ帰るには少し早い。

そういえば、色々なことがありすぎて、最近あまり眠れていなかったっけ。

寝つきの悪さには香が効くと秋明《しゅうめい》が言っていた気がする。時間もあることだし、買いに行ってみてもいいかもしれない。

榮国《えいこく》の都、景陽《けいよう》は運河を挟んで上と下とに分かれている。

上半分は上流区域。帝《みかど》のいる宮城を中心として貴族の邸宅が並んでいる。警備が厳しく平民が立ち入ることは許されない。下半分は下流区域。一般市民の住む区画で、商業や貿易が盛んだ。活気がある反面、盗みや喧嘩《けんか》も多い。

春蘭は上流区域から下流区域へ移動しながら、市街を雑然と行き交う人々を見た。

春蘭が生まれ育った江遼も夕方はこんな風だった。子供たちが田んぼの周りを駆け回っては、母親たちが家へ入るよう声を掛けたり、父親たちは酒を飲んで饒舌《じょうぜつ》に喋《しゃべ》ったりして、家族みんなでわいわいと団欒《だんらん》を楽しんだ。

人の数こそ違えど、飛び交う言葉一つ一つに情がある。そういうところが似ている。

そんなことを考えながら歩いていたときだった。

「こんの、餓鬼がっ！」

突然、喧噪《けんそう》に怒声が混じった。声がした方を振り返ると、街並みの中に野次馬たちが集まっていた。その中心で飯屋の店主らしき男が何かを蹴りながら声を上げている。

蹴られているのは……子供だ。

「この、このっ……よくも今日の売りもんを！」

鈍い音が繰り返される。蹴られるたびに少年の小さな身体《からだ》が揺れた。着物は擦り切れ、すすけている。ぐっと歯を食いしばってはいるが、強い衝撃に耐えかねて時折苦しそうな息が漏れる。春蘭は思わず一歩、前に出た。

「——あの！　事情を聞かせていただけませんか！」

ざわめきが静まり、店主も野次馬も春蘭の方を向いた。じろじろと見られ、宮廷勤めをする役人だと知られた頃、店主が落胆するようにため息をついた。

「呼んだのは役人じゃなく、衛兵のはずなんだがな」

まあいい、とつま先でもう一度少年の身体をはじく。小さな身体が転がってきた。

「そいつは泥棒だ。今日店で出すはずだったウチの豆を丸々食いやがった」

春蘭は改めて少年を見下ろした。ぼろきれから突き出た手足は、骨と皮とまでは言わずとも、何日もまともに食べていないことがわかるほど細い。

そのうち、少年が少し上体を起こしてこちらを睨《にら》んだ。その鋭さにどきりとした。

——この目には、覚えがある。

「ほら、さっさとしょっぴいて牢《ろう》にぶち込んでくれ！　……ったく、こっちの身にもなってくれよ。今日の売り上げはどうしてくれるんだ」

「こちらを」

春蘭は懐から銅銭の束を取り出し、店主に渡した。今なお官品《かんぽん》の低い春蘭にとって決して少ないとは言えない額だが、それでも。

「売り上げの補填に使ってください」

「え？　ああ……」

驚きながら店主は受け取ったが、すぐに胡乱《うろん》そうな顔になる。

「いや待て、金はありがたいが、その餓鬼はどうする気だ？　なんの罰も受けねえってわけじゃねえよな？」

何と答えるべきか春蘭は少し迷った。

「衛兵に引き渡しますので、ご心配なく」

その後、春蘭は到着した衛兵に事の経緯を説明した。説明する途中、ちょっとした言づてを添えて。

衛兵たちをまとめるのは枢密使《すうみつし》の趙景翔《ちょうけいしょう》、都に来てからの顔なじみだ。彼ならきっと理解してくれるはず、と春蘭は信じた。


「他に怪我《けが》はない？　大丈夫？」

水で濡《ぬ》らした手巾《しゅきん》を持ちながら、春蘭は少年に尋ねた。

返事はない。が、見る限り、あらかた処置できているはずだ。

「うん、大丈夫そうだね。何かあったらすぐに言って」

運河にかかった橋の下、上流区域の河原。あの後、春蘭は衛兵たちに頼んで荷運び用の車に乗せてもらい、ここで下ろしてもらった。上流区域には酒を飲んでたむろするような人間はいないから、それほど人に見られる心配はない。

少年は見たところ、十歳前後といったところか。身長は春蘭より低い。怪我を手当てする間もずっと黙っており、時折こちらを見る目も鋭いまま。まさに手負いの獣だ。

『あらあ春蘭ちゃん、怖い顔ねえ。そんなに悔しかったの？』

『仕方ないさ。あれは大人でも間違うような問題なのだから』

『そうは言っても、やっぱり悔しいのよ。春蘭ちゃんは頑張り屋さんだもの』

昔、両親にそう言われたのを思い出す。

多分、そのときの春蘭もこんな顔をしていたのだろう。何かに飢えていて、何かを求めていて、絶対に負けた顔をしたくなくて。

違うのは周りに支えてくれる人がいたかどうかだ。どれだけ意地を張っても、それを受け入れてくれる人がいれば救われる。そうでなければ……。

「君、名前は？」

問いかけ、春蘭はしばらく待った。しかし答えはない。

獣に尋ねても無駄ということか。ならば人に尋ねるべし、だ。

「仁者は射の如《ごと》し」

少年は胡乱そうに、ぱっと顔を上げた。

「どういう意味……？」

春蘭は微笑《ほほえ》んだ。言葉に反応するのは知性ある人間だ。

「仁とはすなわち矢を射るのと同じ。姿勢を正して矢を放てば、命中せずとも、自分に勝った相手を憎むのではなく、自身の行いを省みることができる」

「……意味がわからない」

「人は自分の行いを反省することで、他者への慈しみを抱くことができるってことだよ。常に自分に問いかけてみるんだ、これでいいのかって。みんながそうすれば少しずつ世の中は良くなっていく。そういう教えだ」

少年はまた視線を逸《そ》らした。何かに反発するように眉根がぎゅっと縮まっている。

「そんなので世の中良くなるわけないだろ」

そうかもしれない。全ての人が自分の行動を省みることができていれば、彼は今頃こうなっていなかったはずだ。

「まあ、飽くまで教えだから」

「……偉い奴は嫌いだ」

ぼそりと少年が言った。

「ん？」

「あんた、偉い奴だろ。飯屋のおやじも鎧《よろい》着たやつらも、あんたの言うことに従った」

「偉いというか、そういう立場だから」

「食い物に困ったことなんてないんだろ。どうせ」

「そう、だね。私の父は官僚で、他人のことばかり気にかける人だったから、みんなに与えるばかりで自分たちは貧しい思いをするなんてこともよくあった。でも、食べることができないことはなかったね」

少なくとも、この少年のように痩せこけたりはしなかったし、盗みを働かなければ食べていけないこともなかった。だから彼とは全く状況が違う。

それから沈黙が続いたが、春蘭からは何も言わなかった。やがて鳥の鳴き声が響いた頃、日常的な音に緊張の糸を緩ませたのか、少年が自ら語り始めた。

歳《とし》は十二であること。小さな村の百姓一家の五男に生まれたこと。いつも兄たちに虐げられていたこと。父親が死んでからさらに状況が悪くなり、蔵にあった食料を持って逃げ出してきたこと。都に来ればなんとかなるかと思ったが、そんなことはなかったこと。

「誰かが言ってたんだ。都では、勉強すれば偉くなれるって」

「科挙のことだね」

「……よく知らない。とにかくわかったのは、思ってたのと違ったってこと。勉強させてもらえる場所もないし、人に聞いたら『勉強できるのは金持ちだけ』だって。……じゃあ、俺はどうしたらいいんだよ」

すぐに言葉を返すことはできなかった。

科挙を受けるには県学《けんがく》という地方の学校か、国子監《こくしかん》という都の学校に籍を置く必要がある。春蘭も受験する際、秋明の伝手《つて》で一時的に国子監に籍を置かせてもらった。

だがそんなことができるのは貴族か士大夫《したいふ》、もしくは彼らに縁故がある者のみ。知り合いすらいない場合、科挙を受けることは不可能だ。

こうして知り合った今なら、彼を変えてあげられるかもしれないが……。

「……今まで、思った通りになったことなんて一つもなかった」

そのとき、小さな呟《つぶや》きが矢のように刺さった。

一瞬の愚かな思い上がり。下級官僚とはいえ宰相府に出入りできる自分なら、この貧しい少年一人簡単に助けてあげられるのではないか、という。

だが、いかに良心からであっても、その考えは浅はかだった。

だって本当は彼と同じだったはずだ。今頃どこかに嫁いでいて、宰相府に出入りするどころか科挙だって受けられないはずだった。本当は、何一つ自分の思い通りにいかないはずだった。だから春雷と入れ替わり、真実を曲げて手に入れたのだ、今の立場を。

偽りの上に立っている自分にできることなどたかが知れている。それを踏まえた上で、何ができるかを考えなければ。

「君は、これからどうしたい？」

「知りたい。生きる方法を」

「わかった。じゃあまずは服を買って、下宿を探そう。あまり贅沢《ぜいたく》はできないだろうけど、今よりマシにはできるはずだ」

良心が咎《とが》めたのか、少年は一瞬顔をしかめた。

「でも……俺は物を盗《と》った」

「そうだね、お腹《なか》が減って仕方なく物を盗んだ。確かに罪だけど、私は君が悪いとは思えない」

何が正しいかわからない今、考えるのは後だ。春蘭は立ち上がり、少年に手を差し伸べた。彼はその手を取らず、痛みに耐えながら自分の足で立ち上がった。

揺れる少年の身体を見ながら、春蘭はふと祖父のことを思い出した。

祖父のかつての教え子、李子君《りしくん》から聞いたところによると、祖父は罪人の息子であった子君を「子供を罪に問うなんて馬鹿馬鹿しい」と笑い飛ばし、彼を迎え入れたそうだ。

――もし、自分も祖父のように懐の深い人間になれたら。

「そういえば、まだ名前を聞けてなかったね。教えてもらえるかな」

「……良俊《りょうしゅん》」

「よし。それじゃあ行こう、良俊」

しっかりとその名を繰り返す。自分も彼もここからだ。

翌日、春蘭は朝議が終わるとすぐ枢密院へ向かった。

かつての勤務先にして、武門の最高機関。そこかしこで軍人が刃を振るっている様はなんだか懐かしい。やがて鍛錬場へたどり着くと、武官たちに交ざって槍《やり》を振るう趙景翔を見つけた。彼もこちらに気付き、近づいてきた。

「昨日はお手数をおかけいたしました」

一礼して謝罪を述べると、景翔は大きくため息をついた。

「はあ、全くだ。今は上官でもなんでもないというのに」

言葉とは裏腹に嫌な顔ではない。こういうところは海宝と似ているな、と思う。

「それで、手続きは問題ありませんでしたか?」

「ああ。あの店では何もなかったということにしておいた」

「じゃあ彼は――」

「追われることはない。安心しろ」

春蘭は胸を撫《な》で下《お》ろした。昨日、衛兵に言づてをしておいたのだ。

『少年はこちらで保護する。引き渡したように見せかけてほしい』と。そして景翔は言った通りにしてくれた。これで良俊の身の安全は確保できたというわけだ。

「しかし、まあよかった。その少年を見つけたのが俺でなくお前で。俺の立場では見逃すことはできなかっただろうからな」

予想外の言葉に春蘭は目をしばたたかせた。景翔は貴族出身という出自ゆえか、出会った頃は高慢で目下の者に厳しいところがあった。

「なんだ、その顔は」

「いえ、景翔殿も変わられたのだなと思いまして」

「お前が言うと嫌みに聞こえるな」

ははは、と春蘭は笑う。昔の関係性ならきっとそうだっただろう。

「ですが実際のところ、景翔殿が枢密使になられてから武官の苦情を聞いたことがありません。その真面目さは私にはないものです」

「なら、お前の強引さは俺にはないものだ」

「それは嫌みですか？」

「褒め言葉だ、残念ながらな。俺ならその少年を保護するという発想が思い浮かばなかっただろう。だから今回ばかりは有難《ありがた》く思ってやる」

「そうですか。では私も有難く受け取っておきます」

春蘭は微笑み、景翔もフンと笑った。

「ところで最近、変わったことはございませんか？」

「変わりないな。風烽山《ふうほうざん》が相変わらず国境沿いを攻めてきてるのが厄介だが」

「それは……相変わらずですね」

「ああ。本当はもっと砦《とりで》が必要なんだが、三司が廂軍の予算を承認しないせいで建造ができないしな。白水め、ケチくさい」

そういえば、星河もそんなことを言っていた気がする。廂軍の予算を削減しようとしているとかなんとか。理由はわからないが、国境警備を緩めるのは避けたい。

「宰相府からも三司に働きかけてみます。結果は保証できませんが」

「ああ。助かる」

春蘭が「では」と礼をすると、景翔も手を上げた。が、彼の手は宙に浮いたまま固まった。どうしたのかと思って視線の先を見ると、そこには宦官《かんがん》の楊《よう》秋明がいた。なぜここに、と春蘭も首を傾《かし》げる。

「やあやあお二方。昔とは比べものにならないくらい仲良しになったんだね。やっぱり青春は友情なしには語れないよねえ」

「どうしたの、秋明？」

「ちょっと報告があって。小弟《シャオディ》がここに来てるって聞いたんだけど、忠犬くんにも伝えたかったからちょうどよかった」

秋明は人払いをした上で、春蘭たちを手招いた。

いつもより慎重なその様子からは、何か重大なことの予感がするが……。

「──三夫人の一人、梦丹霞《ぼうたんか》様が懐妊された」

告げられた言葉は、春蘭の予想を上回っていた。

「お待たせ、宰相閣下。秘書官殿を連れてきたよ」

自分の部屋のように宰相執務室へ入っていく秋明に続き、春蘭も中へ入った。中には主である海宝と、副宰相の凌星河、劉以賢がいる。

先ほどまで一緒にいた景翔とはあのまま枢密院で別れた。枢密使として別の仕事が控えているため、彼はまたの機会に宰相府を訪れるとのことだった。

春蘭がこうして宰相執務室に入るのは実に数日ぶりだ。

緊張しながら部屋全体をゆっくり見渡すと、中央の執務室の向こうにいる海宝が手元の書類に目を落としているのがわかった。今、彼が顔を上げる様子はない。

「我々もつい先ほど宰相閣下から事情を伺いました。どうやら一大事のようで」

「ああ、その通りだ。さあ宰相閣下、進めてくれる？」

星河と秋明が話を振ると、自然と海宝に視線が集まり、彼自身も顔を上げた。

そのまま春蘭とも視線が合いそうになり――どちらともなく避けた。ほんの一瞬の出来事だったので、自分が避けたのか、彼が避けたのかはわからなかった。

「三夫人の一人、梦丹霞様がご懐妊された。この件について、陣営での方針を固めたいと思っている」

海宝が簡潔に言うと、その場の空気が引き締まった。

「公主様のお母上ですよね、梦丹霞様というと」

星河が付け足した。梦丹霞は現皇帝の第一子、莉珠《りじゅ》の母親でもある。

その事実があるからこそ、新たな子を授かったという事実もより重みを増してくる。具体的には、丹霞とその後見人の影響力がより強まる、ということだ。

「御子は公主様を含めて二人目でしたっけ？　もともと寵妃《ちょうひ》と言われていましたし、報《しら》せ自体には驚きませんね」

もう一人の副宰相、劉以賢が言った。基本的には消極的でやる気がないが、劣等感を種に爆発的な力を発揮するという変わった一面がある。今回の件に関しては一大事と認識しているのか、一応話に加わる気があるようだ。

「そう、二人目だよ」

秋明が頷《うなず》く。

「丹霞様のご実家は府建の領主と家柄も盤石。莉珠様が男子であれば継嗣となることは間違いなかった、と言われるくらい安定したお立場だ。その上、ご本人は気性は穏やかで見た目もお可愛《かわい》らしい。莉珠様を産んだ年齢もお若かったから、その後も皇帝陛下の寵妃として特別に扱われていた、と言えばまあ頷けるよね」

そう、梦丹霞が二人目の子を授かったこと自体は極めて有り得ることだ。問題となってくるのはそれに付随する一つの事実。すなわち――。

「……あとは生まれてくる子が待望の世継ぎとなるか否か、だな」

海宝が論点をずばりと告げた。世継ぎという言葉に、その場の空気が引き締まる。

世継ぎに関することは、榮国にとって一番の問題だった。

男子はまだか。世継ぎはまだか。世継ぎが生まれなければ、榮は真《まこと》に盤石とは言えないではないか。そんな貴族の愚痴を、春蘭も宮廷内で何度も聞いた。そのたびに辟易《へきえき》したりもした。そんなちっぽけなことで、と。

とはいえ今はそれを議論している場合ではないのだろう。残念ながら。

「わからないからこそ、人は期待を寄せるのでしょうね。本当に世継ぎとなったとき、有利な立場でいられるように」

「ああ。貴族たちはみんな様々に動くだろうねえ。例えば、後見人になろうとか」

ゆくゆくは国家の主となる世継ぎに近づくことができれば、国を裏で操ることも利権を貪ることも可能となるだろう――そんな風に考える輩《やから》はきっと多い。

「幸いにして、こちらには秋明がいます。今後も情報では後れを取らずに済むはず。であれば、行動でも先を行かなければ」

春蘭は言った。情報をもたらした秋明は敬事房太監《けいじぼうたいかん》、皇帝の閨事《ねやごと》を記録し管理する立場。懐妊の報せを早く知ることができたのも、彼がこうして知らせてくれたからだ。

生まれる子が男女どちらであるかも、秋明がいればすぐ知ることができるだろう。さらに母親である梦丹霞とも会える立場だから、彼女の動向も逐一知ることができるはず。

「そうだね。で、具体的にはどうすればいいと思う？」

「宰相閣下が後見人として名乗りを上げ、その立場を手に入れるべきかと。そうすれば今後、貴族たちがどう足掻《あが》こうが御子に手出しはできなくなります」

不心得の者たちから御子とその母を守る。そのためには海宝が後見人になるべきだ。

これまで榮では、皇帝に子が生まれる際には必ず貴族が後見人として名乗りを上げた。莉珠の場合は母親である梦丹霞の兄だったはず。先ほど秋明の話にも出てきた通り、府建を治める領主という盤石な立場だ。

その後生まれた三人の姫にも有力貴族が名乗りを上げ、いずれかが後見人となった。

「賛成だ。でもまあ、一筋縄ではいかないだろう。なにしろ白水や玄瑞だけじゃなく、他の貴族もこぞって名乗りを上げるはずだ。混乱は予測できる」

「ええ、できることから始めていきましょう。まずは陣営の方々へ話を通さなければ。刑《けい》部《ぶ》の王紫峰《おうしほう》と、吏部《りぶ》の淑《しゅく》大臣と、蒼岳党《そうがくとう》の燕宗元《えんそうげん》。それからあとは、当事者でもある莉珠様あたりでしょうか」

莉珠の名を口にしたとき、春蘭の中に複雑な気持ちが湧いた。

弟が仕えている健気《けなげ》な少女は、今まで寂しい思いばかりしてきた。だから同腹の弟妹が生まれることは喜ばしいことに違いない。しかし同時にこれから起きるであろう混乱も心配しているはず。弟の春雷には、彼女を傍《そば》で守ってあげてほしいと切に願う。

「公主様にはオレから伝えておくよ。梦丹霞様のことも含めて、後宮に動きがあったらまた知らせに来る」

「うん、お願いするよ。あとは宰相閣下が後見人になるために必要なことですが――」

後見人に求められるのは、第一に財力。いついかなる時も、あらゆる面で支えるのが後見人であり、そのためには金が必須になるからだ。

「いくつか、書類が必要になってきそうですね」

海宝が後見人になるためには、まず総資産を明らかにする必要がある。

その上で書面にまとめ、御子を支えるだけの潤沢な資産があることを皇帝に示すことで、後見人候補に名乗りを上げることが必要なのだ。

そして計算や表の作成などは、春蘭の最も得意とするところ。自分がこの仕事を引き受けるべきだ。

……と思いながらも、口に出すのをためらう。

頭に浮かんだのは、強張《こわば》る腕の感触と、掠《かす》れた声の響き。

自分がこれだけはっきり覚えているのだ。彼もそうだろう。目を合わせたら鮮明に思い出してしまう。互いの傷を、あのときの痛みを。

だが、ここで黙っていれば別の問題が生じる。今目の前にある問題は彼の今後に大きく関わるものだ。放っておいては、どんどん彼に危機が迫るだろう。

だから――今は。奮起するように春蘭は拳を握った。

「宰相閣下、資産に関する書類は私がまとめます」

海宝の方を向き、口を開いた。あまりの緊張に、一瞬時が止まったかと思った。

だが気が付いたときには、海宝もしっかりとこちらを見つめていた。

「ああ」

視線が合わさったのはいつ以来だろうか。

わずかに海宝の瞳が揺れたような気がした。自分も同じだろう。けれど海宝の瞳には、ためらいと同じくらい決意があった。思うところがないわけではない、けれど今は使命を全うする、そんな覚悟を見て取ることができる。

それを見てほっとすると同時に、春蘭の気持ちも自然と引き締まった。自分が抱えている問題は国政とは別問題。今は秘書官として最大限力を尽くそう。

「資料ならあらかた屋敷《やしき》の蔵にある。それでも足りなければ屋敷の者に聞くといい。必要ならば、孟家《もうけ》を訪ねてくれても構わん」

「かしこまりました。では、そのように」

「陣営の方々への連絡は僕と以賢君でしておきます。ね、以賢君？」

愚痴を言う以賢を星河が引っ張った。続いて春蘭も宰相執務室を後にした。

宰相、天《てん》海宝を生まれてくる御子の後見人にする。貴族たちに手出しをさせず、御子を守る。今はそれだけを考えるのだ。


春蘭たちが去った後、残っているのは海宝と秋明だけになった。

「しけたツラってのは、まさにそういう顔のことを言うんだろうねえ。枢密使のとき以来の暗黒時代再来って感じだ。アッハッハ」

執務室に秋明の声だけが響く。甲高いその声を聞きながら、海宝は黙っていた。

もともと一度黙ると喋《しゃべ》らなくなる性質《たち》だが、迷っているとき、悩んでいるときは特にその傾向が強くなる方だと海宝は自分で思っている。うまくまとまらないのもあるが、それ以上に間違ったことを口にするのが嫌なのだ。

すなわち今は非常に慎重になっている。おかしなことを言わないように。

「おっと、思った以上に頑《かたく》なだ」

秋明はだるそうに肘をついたが、態度の割に出ていこうとはしない。自分も自分だが、こいつもなんだかんだ世話焼きなのが難儀なところだな、と海宝は思った。

「そりゃそうか。明らかに変だったもんね、キミたち」

海宝は沈黙を貫いた。

——こいつなら気付くだろうと思っていたが、肯定するかは別問題だ。

「何があったか、詳しく知りたいなあ」

「…………」

「オレなら色んな秘密を知ってるよ。可愛い小弟のことも、可愛い小妹《シャオメイ》のことも。話してくれれば交換条件ってことで、オレも情報をあげるんだけどなあ」

「…………」

「あんな秘密や、こんな秘密も知ってるんだけどなあ」

あからさまな釣り針だ。当然、海宝は食いつかない。そりゃそうか、と秋明も諦めた。

「なるほど、そんな簡単な話じゃないってわけね」

「何も言っていない」

「見てれば大体わかるよ」

「なぜそう思う。全て自分の掌《てのひら》の上だからか」

秋明は肩を竦《すく》め、曖昧に笑った。かつて枢密使を務めていた頃、双子の話を持ち出したのが秋明だった。なんでも姉が美女で、弟が頭の切れる奴だとか。だが今考えてみれば、その時点ですでに話がおかしかった。事実は正反対だったのだから。

とはいえ全て秋明が悪いと言うつもりはなかった。なぜなら今の状態を望んだのは双子自身。そして彼らの活躍を考えれば、その決断が完全に間違いだったとも思えない。

少なくとも秘書官には今の姿が似合っている。自由自在で明朗快活で、時に傍若無人。型にはまらず、常に前を向くあの姿が。

だからこそ海宝は手を伸ばしたくなった。籠の中の鳥であったなら、ここまで焦がれることはなかったかもしれない。

「全て含めて考えてみれば、結局どちらが利益で、どちらが損失だったんだろうねえ」

秋明が唐突に言った。思いがけない質問に海宝は首を捻《ひね》る。

「どちらの姿が、ってこと」

なるほどと海宝は頷いた。最初に女性の姿で見たときは美しく面白い人だと思った。部下として共に働いてからは、誰より頼もしいと思った。

どちらも損失ではないと思うが……。

「俺個人としては、宰相秘書官及び、枢密院補佐官として支えてくれた『青《せい》春雷』が俺にとっては利益となった。あの者がいなければ今頃はどうなっていたかわからぬ。落ちぶれ、どこぞで野垂れ死にしていたかもしれん」

「それはそれで見てみたかった気もするねえ」

「何を他人事《ひとごと》のように。貴様も同じようなものだろうが」

「はは、どうだろう」

秋明は曖昧に誤魔化したが、きっと彼もわかっている。あの行動力に救われた例を挙げればきりがない。二人とも。

「とはいえ、やはり放っておくわけにもいかん。もし、俺だけでなければ……」

気付いた者が他にいてもおかしくはない。そうなれば、政治の道具に利用されることも大いに考えられる。考えるほどに焦りが生まれた。今ならまだ間に合うかもしれない、だからすぐに行動するべきではないかと。

しかし一方で、そういった考えは自分本位なのだろうかとも思った。本人が望まないのであれば、自分ばかり焦っても仕方がない。

「心配そうな顔だねえ」

「……当然だ」

「見守ってあげなよ、どっしり構えてさ。それがキミの役割だろう？　無理に介入したってどうにもならないものだよ」

思っていたのと同じことを秋明が言ったので、海宝はふと彼を見た。

「そういえば、貴様こそどうなんだ」

「ん？」

「貴様の方が付き合いは長いだろう。心配にはならんのか」

双子に関しては家族同然の付き合いだったと聞いた。自分より長い時間を共にしてきたのなら、何か思うところはあるはず。

「んー」

秋明は考えるような顔をしたが、その面にはいつもの薄い笑みが浮かべられていて、感情はあまり読み取れない。

「別に心配はしてない。最終的にはどうにでもなるし」

どうにでもなる、という言葉が引っかかった。他人事のような言い方だが、こいつは心底ひねくれている。こういう言い方をするときほど、そうでないことが多い。

だから多分、『どうにでもなる』のではなく、『どうにかする』つもりなのだ。

双子の話を海宝に持ち掛けたのも、入れ替わりを手伝ったのも秋明。なら最悪の場合、ケリをつけるのも自分だ、などと考えていてもおかしくない。

まあ、こいつ自身がそれを口に出すことはないだろうが。

「とにかく、今のオレたちにできることは見守ることだけ。だから受け入れてあげよう。何があっても」

「……ああ」

第二章　凄凄切切

天海宝《てんかいほう》を新たな御子の後見人としたい、という方針はすぐ宰相陣営の者たちに共有された。そして今、陣営の者たちは様々に手伝ってくれている。

秘書官である春蘭《しゅんらん》はというと、数日間登城せず、海宝の屋敷に留まって書類をかき集めていた。その結果、やはり越してきたばかりの屋敷では書類が足りないということがわかり、海宝の母方の実家である桂襄《けいじょう》へ行くことになった。

ただ、その前に一つやっておくことがある。

春蘭は景陽《けいよう》の市街を下り、一軒のあばら家を訪ねた。

日暮れ間近、木造の壁の隙間からはわずかに西日が注いでいる。寝台もなければ机もない。あるのは寝るのに必要な布と、机代わりの木箱だけ。あとは春蘭が昔使っていた本がいくつか、雨漏りで濡《ぬ》れないよう隅にまとめて置いてある。

以前助けた少年、良俊《りょうしゅん》はその中で暮らしていた。

本当はもっときちんとした環境を用意したかったのだが、暮らすのは貧相な少年。面倒事は避けたいと大家たちは思ったのだろう、契約してくれる者を探すのは困難だった。とはいえ、外で夜露をしのいでいた時よりは大分ましなはずだ。

彼がここで暮らすようになってから、春蘭は自分の本を彼に譲り、勉強を見るようになった。今日ここを訪れたのは桂嚢へ出かける連絡をするのと、宿題を出すためだ。

「というわけで、桂嚢へ行くことになってね。その間、ここからここまでをやっておいてくれるかな。良俊は覚えがいいから、きっと一人でこなせると思う」

春蘭が褒めながら言うと、良俊はふいとそっぽを向いた。

その顔は強張《こわば》っているが、嫌だという風には見えない。どちらかというと、褒められたときにどういう顔をしていいかわからないという感じだ。

「それじゃあ、私はこれで――」

「俺は……これからどうなる？」

立ち去ろうとしたとき、ぽつりと良俊が言った。

春蘭は座り直し、改めて彼と向き合った。

「独り立ちできるように基礎的な知識を身に着けてもらってるけど、その先ってことかな？」

「そうだ。勉強してる意味を知りたい」

良俊の瞳には戸惑いと緊張があった。目的がわからないことへの戸惑いと、無償で食べさせてもらっていることへの警戒感。なぜ自分は生かされ、勉強させられているのか。

であれば春蘭がすべきは彼に労働を与えること。それは前から考えていた。

「君には仕事をしてもらおうと思ってる。候補はいくつか考えてるんだけど、どれがいいかは君自身に決めてほしい」

「仕事？　何があるんだ」

春蘭は指を一本立てた。

「一つ目は商家。丁稚《でっち》をしてもらう。景陽なら豪商になれる可能性もあるから、稼げる可能性は大いにある。ただし身分は高くない」

次に二本目の指を立てた。

「二つ目は武官。剣や槍《やり》の腕を磨き、武挙を受けてもらう。のし上がればそれなりに稼げる可能性がある。ただし商家や文官ほどじゃない」

そして最後に三本目の指を立てた。

「三つ目は文官。私がやっている仕事だね。勉強を重ね、科挙を受けてもらう。それなりに稼げる可能性があるのと、あとは政治に参加できる権限を持つ。ただし難しさは他二つの比じゃない。科挙を突破できる人間はごくごく限られてる」

「政治に参加するって……どういうことだ？　それをしたらどうなる」

うーん、と春蘭は唸《うな》った。簡単な問いであり、難しい問いでもある。

「国を自分の手で変えられる可能性がある。例えば、そうだな……豊かな人から多くの税や食料を徴収して、貧しい人に配るとか。そういうことができる。もちろん相応の手腕が必要になるけど」

　良俊が少し目を開いたのがわかった。

「食べ物のある奴から、ない奴に配れるのか？」

「飽くまでそういう可能性がある、ってことだけどね」

　少し考える素振りをしたのち、良俊は拳を握った。

「なら、俺は文官を目指す」

　素早い決断に春蘭は少し驚く。

「決めるのは今じゃなくていいんだよ。もっと悩んでくれていい。それにさっき言ったように文官は最も難しい」

「でもあんたはなった。そうだろ？」

　やや挑発的に良俊はこちらを見上げた。

　――ああ、やはり彼は幼い頃の自分とよく似ている。

　壁が立ちはだかれば、破りたいと思う。その先に新たな道を見つけたいと思う。

　実際にどうするかはこの先ゆっくり決めるとして、彼自身が望むならその決断を尊重すべきだ、と春蘭は思い直した。少しやってみて、また考えればいい。

「よし、それなら早速頼みたいことがある。良俊、私の使いになってくれないかな」

「使い？」

「うん、燕宗元《えんそうげん》という人へのね。燕宗元は地方で民衆を束ねる官僚だ。官品《かんぽん》は高くないけど、民衆に対する影響力は計り知れない。榮《えい》にとっての重要人物だよ。そして多分、あの人に会うのは君にとって非常に利益になる」

平民から地方官僚になった宗元ならば、良俊を見て事情を察してくれるだろう。そして良俊も宗元から教わるものがあるはず。

「わかった。ならそうする」

正直なところ、わからない。良俊に文官が向いているのかも、その能力があるのかも。だが彼の人生は彼のものだ。彼自身が選ぶべきだ。


良俊と別れた後、その足で桂襄へ向かった。

久々に訪れる桂襄も、堂々と立つ孟家《もうけ》の屋敷《やしき》も、以前と変わらず華やかだ。

春蘭は屋敷の主人である孟元奇《げんき》に挨拶すると、早々に書庫へ向かい、作業を始めた。書類の数字を確認しては、それらを書き写したり、そろばんをはじいて計算したり。

そして、作業を繰り返していくうちに、わかったことがあった。

……これは、終わらない。

天海宝の総資産は思った以上の額で、とても一日でまとめきれるものではなかった。桁が違うから計算に時間がかかるし、確認にも時間がかかる。

春蘭はため息をつき、現実逃避気味に呟《つぶや》いた。

「宰相ってやっぱりお金持ちなんだなあ……」

「あんたって本当、金のことばっかだね」

突然聞こえた声に春蘭はぱっと振り返った。

そこには友人の顔があった。孟家の息女、梅香《ばいこう》だ。

「梅香！」

海宝の又従妹《いとこ》である彼女は、今ではよい文通相手だ。今日も仕事が終わったら挨拶に寄ろうと思っていた。

「久しぶり。最近はどう？　変わりはない？」

「ああ。別に普通だよ。にしても」

にやりと梅香が笑った。含みのある笑みは、又従兄《いとこ》の海宝と少しだけ似ている。

「あんた、ちょうどいいところに来てくれたね」

「ちょうどいい？」

「頼もうと思ってたことがあってね。あんた、あたしを都へ連れていく気はないかい？」

唐突な申し出に、春蘭は首を傾《かし》げた。

「最近、勉強を始めたんだ。詩やら経典やら」

「教養を深めようってこと？」

「もっと複雑なやつさ。あー、ほら、科挙で出るような」

意外な言葉に驚く。梅香から『科挙』なんて言葉が出てくるとは思わなかった。

「なんだいその顔は。失礼な奴だね」

「いや、ごめん。なんか、梅香の印象とは違ったから」

いつも着物を着崩しており、髪の結い方も緩い。喋《しゃべ》り方も気だるげで、やる気という言葉とは縁がなさそうに見える。正直でさっぱりした性格ではあるものの、自分の未来をどこか諦め、放り投げている。少なくとも今まではそういう風に見えていた。

「今日もさっきまで寺に行っててね。色々教わってきた」

「でもどうして急に？　心情の変化でもあった？」

梅香が肩を竦《すく》める。本音を言うのが少し照れくさいといった様子だ。

「前に招待してくれただろ、宰相陣営の宴《うたげ》に」

春蘭は頷《うなず》く。羅玄瑞《らげんずい》と皇后による訴えがあった少し前のことだ。宰相陣営の顔合わせのために、海宝の屋敷に関係者を招待した。その中に梅香もいたのだ。

「あのとき、杏子《きょうし》と色々話してさ。あいつ、変な奴だったけど面白い奴だった。気に食わない幼馴染《おさななじみ》や頭の固い実家の連中に嫌気が差して、勝手に後宮へ入ったたって。普通そんなことするかい？」

確かに、と春蘭も頷く。杏子の豪胆さにはどんな武将も敵《かな》わない。

「で、色々と衝撃を受けて……それから考えたんだ。あたしの場合、今の境遇が嫌だって言いながら何もしてこなかっただろ？　なら、それは違うだろって」

「じゃあああの宴がきっかけで勉強を始めた、と」

「ああ」

梅香は頷き、笑った。その顔は今までと違って見えた。なんというか、爽やかだ。

「都へ行って何をするかは決めてるの？」

「働く。お蔭様で、この身分なら貴族の屋敷の下働きくらいあるだろ。孟家の娘って肩書きに、ようやく感謝をする日が来そうだよ」

「ああ、それはいいかもね。どこの屋敷も使用人の身分をきっちり確認するご時世だけど、宰相の又従妹なら誰もが欲しがるはず」

「とはいっても、まだまだ世間には疎い。だからあんた、仕事の口利きしてくれよ」

無意識に、春蘭はぱあっと顔を明るくした。

仕事の口利きを任せてくれるということは、未来を預けてくれているということ。全幅の信頼を寄せてくれているということに他ならない。

「もちろん、一番いい働き口を紹介するよ！」

春蘭の大声に梅香が「うるさいって」と笑った。

梅香もまた、良俊と同じように自由を求めている。誰もが全員、好きなように生きられる世界であればいいと春蘭は思った。

「ところで、あんたの仕事はどうなんだい」

さっきまで書き込んでいた書類を梅香が覗《のぞ》き込んだ。数字の書き込まれた欄がいくつか並んだ後、果てしない空欄が続いている。すぐ終わりそうにないことは一目瞭然だ。

「へえ、こりゃ大変そうだ」

春蘭は乾いた笑いを返した。

「今日は泊まっていくのかい？　なら、屋敷のもんに話通しておくけど」

「そうだね……お願いしてもいいかな？」

桂裏と都を往復するより、その方が効率がいい。春蘭は言葉に甘えることにした。

その夜、春蘭は家主の元奇に相伴させてもらった。

食事が終わって渡り廊下を歩いていると、中庭から吹く風の涼しさに足を止めた。

今日の旅路を、都のことを思い出す。都を空けるのは久しぶりだ。もちろん屋敷に連絡はしたが、どこかそわそわした気持ちになる。今、この頃合いというせいかもしれない。

あれからずっと考えていた。今後の身の振り方について。

どうするかで未来は大きく変わる。しかも自分の未来だけではない。周囲の人たちの未来もだ。それがわかっているから、慎重になってしまう。

答えを探すように、春蘭は懐からあるものを取り出した。

鶯色《うぐいすいろ》の扇だ。出会って少し経《た》った頃、白水《はくすい》との最初の衝突を避けるのに一役買った礼として海宝にもらった。遠出する際はこうして懐に入れ、持ち歩いている。

春蘭は扇を開き、空にかざした。

月の光で扇面が透けて花鳥の絵が浮かび上がる。幻想的な光景に少し見入った。

「そんなとこにいて、身体《からだ》が冷えるだろ」

声をかけてきたのは梅香だった。春蘭は扇を畳んで彼女の方を見た。

「って、それはなんだい？」

「扇だよ」

「そりゃ見てわかるさ」

だよね、と春蘭は笑った。

「閣下に——海宝にもらったんだ。前に」

「あいつに？　へえ……」

「なに、どうかした？」

「いや、随分と大切にしてるみたいだったからさ」

ああ、と春蘭は苦笑した。かつて春蘭と海宝が衝突したことを、梅香はよく知っている。

「あいつからもらった物をそんなに大事そうに見るなんてねえ。あいつのこと、昔は嫌いだったはずだろ。今は違うのかい？」

そう、最初の頃はぶつかってばかりだった。それが徐々に変わっていき……今は、どうなのだろう。簡単には言葉にできないが、考えているうちに一つ答えが見つかった。

「悲しむ顔は見たくない……かな」

「歯切れが悪いね。それになんだい、その言い方は。まるであんたが悲しませてるみたいじゃないか」

ずばりと言い当てられ、春蘭は黙った。少し考えたのち、再び口を開く。

「ねえ、梅香だったらどうする？　自分が何か事情を抱えていて、それを話せないせいで相手を不幸にしていたら」

「随分と意味深なことを聞くね」

あはは、と曖昧に笑うと、梅香は何かを察したのか、それ以上尋ねてはこなかった。

「そうだな、そんな状況になったことがないから想像になるけど、あたしなら遠くに行くかもね」

「遠くに？」

「ああ。事情とやらのせいで不幸にしてんだろ？　けどそれを話せない。なら離れた方がいいじゃないか。その方がどっちも不幸にならない」

実にわかりやすく、的を射ている。だが自分に置き換えようとすると、どうも違和感を覚えた。自分たちの場合、離れたらどうなるのだろう。都に来てからというもの、離れたことがほとんどない。海宝が尭《ぎょう》へ戦に出たときに少し離れていたくらいだ。だから離れるということ自体が想像できない。それに……。

「……でも、離れたら支えることはできないよね」

ぽつりと春蘭は呟いた。もし自分が離れたら、誰が彼を支えるのだろう。ずっと閉ざしていた彼の心を、誰が再び開くのだろう。そういう相手が現れるかもしれないが、現れないかもしれない。ならば、春蘭が離れる選択は最善だろうか。

「支える、ねえ」

考えるように梅香は繰り返した。

「それは、必要なことなのかい？」

「え？」

「大抵の奴は自分で勝手に生きてんだろ？　それなのに、誰かを支える必要なんかあるのかねえ」

思いがけない言葉にはっとする。

「必ずしもあんたが誰かを支える必要なんかないさ。あんたが諦めるならそれはそれでいいと思うよ。ま、そうしたくないなら、今の言葉は忘れてくれていいけどね」

——自分が、諦める。そういう考えもあるのか。

再び扇を見つめると、そこにはさっきと違う景色が映っているような気がした。

孟家の屋敷《やしき》が賑《にぎ》やかな声で包まれたのは、その次の日のことだった。

書庫での作業を終え、借りている一室へ帰ろうとしたとき、屋敷の雰囲気がいつもと違うことに気付いた。

空気はざわつき、料理の匂いや酒の匂いが漂ってくる。来客でもあったのだろうか。春蘭がきょろきょろしていると、突如声が降りかかってきた。

「おっ、もしかして、小僧が帰ってきたか？」

すぐに大きな足音が聞こえ、声の主が現れる。

「あっはっは、遅えぞ。ほら、とっとと来い！」

酒の匂いを漂わせているのは壮年の男性、燕宗元だった。蒼岳党《そうがくとう》という地方官僚及び民衆の集団をまとめている党首だ。どういう事態だろうかと考えながら春蘭が曖昧に笑みを返すと、がしりと肩を摑《つか》まれ、そのまま宴席へ連れていかれた。

「おい、小僧が帰ってきたぞー！　酒をつげ！」

「はい親分！」

半ば強制的に連れてこられた宴席で、強制的に座らされる。

宗元に同行してきたらしい部下たちが盃《さかずき》に酒を注ぎ、それを持たされて、乾杯させられた。とりあえず口を付け、盃を置く仕草で上座を見た。家主の元奇も苦笑しながら盃を上げている。

「宗元殿、どうしてこちらへ……？」

「どうしてってお前、そっちが頼んできたんじゃねえか。白水の地方での動向を探れって」

なるほど、現状報告に来てくれたというわけか。

「けどお前は都にいねえしよ。しょうがなくこっちへ来ることにした」

別に書状でのやり取りでも構わないのだが、宗元は集落の寄り合いに来るくらいの感覚で、普段からちょくちょく会いに来る。人との絆《きずな》を大事にする彼だから、酒を酌み交わすことに意味を見出《みいだ》しているのかもしれない。それが原因で飲みすぎることも含めて。

「ああ、そうでした。では……白水はどうでしたか？　宿蘇《しゅくそ》で一体何を？」

酒で赤くなった宗元の目が、少しだけ真剣みを帯びる。

「地方官僚たちに聞いたところによると、白水は宿蘇の領主と書状のやり取りをしてるようだな。それも何度も」

「内容は」

「さあ、そこまではわからん。ただ――」

宗元はにやりと笑った。

「もう一つわかったことがある。どうやら白水は実際に宿蘇まで来たことがあるそうだ。しかも、会談をやってたんじゃないかって話だ」

「会談？……誰と？　宿蘇の領主ですか？」

「その可能性もあるだろう。が、その日はやたら警備が厳重だったと聞いた。もしかしたら、別の誰かと会ってた可能性もある」

「では、重要人物と密談をしていた可能性も……！」

先を急ぐ春蘭に、宗元が肩を竦《すく》めた。

「おいおい、言っとくがそこからは俺の想像だ。話半分に聞いといてくれ」

「あ……そうでしたね」

頭を下げつつ、春蘭は話の先を想像した。

有力者同士の場合、敢《あ》えて都周辺を避け、地方で会談を行うことも多い。人の目を気にすることなく、重要な話を進めるために。

もし白水が密談していたというのであれば、相手が誰なのか。何について話し合ったのかが知りたい。それがわかれば、動向はかなり把握できるはずだ。

「ですが本当に誰かとの会談であれば一大事です。会談相手やその内容について、さらに探っていただけませんか？」

「ああ、俺もそのつもりだ。その分、今日は飲ませてもらっていいだろ？」

宗元は酒瓶を掲げ、コンコンと叩《たた》く。もちろん、と頷《うなず》いて春蘭は宗元に酒を注いでやった。すると宗元は上機嫌に笑い、冗談のようにこう言う。

「しかしアレだ、宿蘇の領主ってのは貧乏なのか？」

「はい？」

話がコロコロ変わるな、と思いながら春蘭は付き合った。

「いや、一応その辺見て回ったんだが、やたらに城壁がボロいのが気になってな。領主には修繕する金もねえのか？」

「さあ、宿蘇の領主は古くからの貴族のはずですから、それほど貧乏ではないと思いますが……」

話しているうち、ふとあることを思い出した。そういえば以前、星河《せいが》と景翔《けいしょう》がぼやいていた。白水が廂軍《しょうぐん》の予算を削減し、地方の工事が少なくなっていると。

「ああ、そういえば、工事の予算が割り当てられていないそうですよ。ですので修復が困難なのでしょう」

「へえ、そういう事情もあるのか。貴族も大変なんだな。可哀想《かわいそう》だとは全く思わねえが」

貴族に搾取され、なんとか地方官僚の地位を手に入れた宗元らしい言葉だ。

「あ、でもそれ以外の事情もあるかもしれません。例えば、領主が大酒飲みで酒代が馬鹿にならない。だから城壁の修繕もできない、とか？」

「ああん？　ったくコイツ、言いやがる！」

冗談を言い合った後、互いにあっはっはと笑った。

貴族は多くの特権を持っているが、平民だって負けていない。こうして遠慮なく冗談を言い合えるのは平民だけの特権だ。

ひとしきり笑い合った後、宗元はまた酒をあおり、ぽつりとこう言った。

「あとボロいと言やあ、あれだ」

酔っぱらいの話は長いなあと思いながら、春蘭は残っている料理にも手を伸ばした。

羹《あつもの》を碗《わん》に取り、口に運ぼうとして――。

「あのボロっちい餓鬼。アイツはなんだ？　お前の使者だとか何だとか聞いたが」

あ、とそのまま固まった。餓鬼、その言葉で思い出すのは一人しかいない。宗元への使いに出した良俊のことだろう。

一旦碗を下ろし、宗元と向き合う。そして頼み込むように、改めてこう言った。

「彼は良俊といって、新たな私の使いです。まだ見習いではありますが、徐々に仕事に慣れてもらおうと思い、任せることにしました。何か問題があれば、すぐにおっしゃってください」

「へえ、見習いか」

宗元は口角を吊り上げた。予想通り、事情を感じ取ってくれたようだ。立場上、彼は春蘭よりもよほど良俊のような子供と出会う機会は多いだろう。

「どうでした、彼は？　何か言っていましたか？」

「ああ。俺や周りの連中に色々聞いてきたよ。どうやって地方官僚になったのかとか、科挙ではどんな問題が出るのかとか。あとはお前のこともな」

思わぬ言葉に春蘭は自分を指さし、首を傾《かし》げた。

「私の？」

「ああ。性格とか、出自とか。わからん部分は適当に答えておいたが」

「そうでしたか」

意外というか、驚きというか、不思議な感じだ。良俊に勉強を教えるようになってからそれなりの日数が経《た》つが、彼の方から積極的に質問してくるようなことはなかった。

だからもし不満を抱えていたらどうしようと思っていたのだが、少なくとも良俊は今の境遇を嫌だとは思っていないようだ。不満に思っていたなら、宗元にぶつけたのは疑問でなく愚痴だったはず。

「ま、お前のことだから心配はいらねえと思うが、これからもちゃんと面倒見てやれ」

「もちろん。そのつもりです」

春蘭はそれからしばらく、上機嫌な宗元に付き合った。

孟家での仕事が終わった春蘭は、翌日都へ帰ってきた。

都を空けていたのは三日だが、それだけ空ければ仕事が溜《た》まりに溜まっていると知っている。書類は山と積まれ、業務は滞り、宰相の機嫌は悪くなっているはずだ。

「ちょっといいですか」

宰相府で共に働く侍中を捕まえ、春蘭は尋ねた。

「本日より通常業務へ戻るので、状況を聞かせていただきたくて。特に、溜まっている業務について」

どんなややこしい仕事が待っているだろうと思いながら春蘭は答えを待った。

「そうですね、御史台《ぎょしだい》からの申し立てと、書類がいくつか」

「それから？」

「後は、特には」

思わぬ返答に、春蘭は眉を寄せた。

「そうなのですか？　こちらの作業は一旦落ち着いていますので、手伝えることがあれば遠慮なくおっしゃってください」

「いえ、本当に問題ないのです。凌参政《りょうさんせい》が適宜業務を割り振り、取り仕切ってくださっていますので。宰相閣下も我らも円滑に業務を進めております」

春蘭は少しの間、黙り込んだ。

「そう、ですか」

返事をすると侍中は軽く挨拶をして去っていった。

春蘭はその場に残り、しばらく難しい顔で立っていた。

なんというのだろう。正直、拍子抜けだ。これまでの経験上、三日も空ければ大変なことになっていた。枢密院《すうみついん》で補佐官をしていたときもそうだったし、宰相府に移ってからも同じだった。

少なくとも、星河が宰相府に入る前はそうだった。だが、今は……。

もやもやした気持ちで、春蘭は壁に背をついた。本来いいことのはずだ。自分がいなくても回っているという状況は。それなのに、この虚無感はなんなのだろう。

複雑な気持ちを抱えながら、春蘭はその日の仕事を終えた。侍中の言う通り、業務はほとんど滞っておらず、普段通りの時間には全て片付いた。

――時間があるので、良俊の様子を見に行こうか。

そう決めた春蘭は、景陽の市街へと下りることにした。乗り合いの馬車を降り、夕陽に照らされる街へ。

景陽は普段通りの混雑だった。特にこの時間は店を閉める商店、店を開ける飯屋、帰る人々や遊びに出る人々など、多くの人が行き交う。

そんな中、春蘭は良俊の住む家へと足を運んでいった。正面から歩いてくる人を避け、右へ左へ移動しながら、少しずつ進んでいく。

慎重に人の流れを見極め、ようやく目的地が見えてきたときだった。

「わ——」

突如、前から歩いてきた人と肩がぶつかった。

春蘭はよろめき、後ろへ倒れこみそうになったが、すんでのところで堪えた。よかった、と安心しかけたそのとき、何かが足元に落ちたことに気が付いた。下を向くと扇が落ちていた。懐に入れていたものだ。

慌ててしゃがみ込み、手を伸ばした。

だが指が届きそうになった瞬間、誰かの脚で目の前が遮られ、ばきり、と音がした。

はっとして扇を見ると、形がさっきと変わっていた。留め具が外れたのか、中骨が斜めになっている。

春蘭は慌ててそれを拾い、手の上に載せた。

不安定な形をした扇。それを見ていると、心がざわついた。

第三章　暗雲低迷

季節は立春。雪の下から新たな命が芽吹き、固い蕾《つぼみ》を付けていく。

御子誕生まであと四月。もうしばらく辛抱の時が続くだろう。


『血は水よりも濃い、ってホントだなあ』

あの日、そう呟《つぶや》いたのは秋明《しゅうめい》だったか。

春雷《しゅんらい》が初めて都へ到着し、春蘭《しゅんらん》と入れ替わった日のこと。士大夫《したいふ》の子弟ではなく、後宮入りする姫君の姿になったとき、春雷を見て秋明がそう言ったのだ。

今の春雷には、その言葉の意味がよくわかる。

きっと姉がいなければ、春雷は都になんて来なかった。今頃、故郷で両親の世話になりながらめそめそ泣いていたことだろう。春蘭がいたから強くなりたいと思えたし、自分も誰かを守りたいと思えた。

だから血は水よりも濃い。肉親の存在はいつも、春雷に勇気を与えてくれる。

莉珠《りじゅ》もきっと同じはず。そう思ったからこそ、春雷は梦丹霞《ぼうたんか》懐妊の報《しら》せを喜んだ。同腹の弟妹の誕生はきっと、彼女にとっての希望になるはずだ、と。

「この度はお母上である梦丹霞様のご懐妊、誠におめでとうございますわ」

いつものように莉珠と春雷が庭園内を散策していると、妃嬪《ひひん》の一人が莉珠の前で足を止めた。そして数人の侍女と共に丁寧に礼をする。

「姉上となられる公主様におかれましては、喜びは一入《ひとしお》のことと存じます」

「ありがとうございます。新たな弟妹の誕生は非常に楽しみなことです」

莉珠は微笑《ほほえ》み、礼を返した。

梦丹霞懐妊の噂《うわさ》が広まってから、ずっとこういった様子だった。頻繁に呼び止められては、祝いの言葉を述べられる。嬉《うれ》しくもあるが、一方で息つく暇もない。

「莉珠様、風が強くなって参りました。お体を冷やさぬうちに中へ入りましょう」

「ええ、そうね」

「あらお帰りなさい、お二人とも。すぐにお茶の支度をいたしますわね」

房へ帰ると、杏子《きょうし》が迎え入れてくれた。

彼女の前には荷物の山があった。書状や薬草などの小さいものから、磁器に香木など大きいものまで、様々な贈り物が日々莉珠のもとに届いている。

送り主は莉珠の後見人である伯父や、所縁のある貴族や官僚など様々だが、名目はいずれも新たな弟妹の誕生を祝うものだ。

「お願いするわ。それにしても、散歩に出る前よりも増えていない？」

「ええ。新たにいくつかお預かりいたしましたから」

「そう、ありがたいけれど、お返しも大変ね」

苦笑しながら莉珠は言った。杏子もまた、柔和な笑みを返す。

その様子を見ながら、春雷はほっとしていた。

杏子は以前、海宝《かいほう》や莉珠が裁定で罪を問われた際、助太刀するため議場へ現れてくれた。結果、彼女の言葉が決定打となって、自分たちは罪を問われなかった。

しかし後から聞いたところによると、彼女はあのとき春雷と莉珠に対して疑惑を抱いていたという。春雷が何か重大な秘密を抱え、莉珠もそれを秘匿しているのではないかと。

それでも彼女は議場へ来て、助けてくれた。何かを隠していたとしても、それはきっと考えあってのことだろうと。

杏子の思いを聞き、春雷と莉珠は覚悟を決めた。具体的な言葉は口にしなかったものの、『概《おおむ》ね杏子の考えている通りだ』と肯定したのだ。杏子はもちろん驚いたが、それ以上に安堵《あんど》した様子だった。

そして今なお変わらず傍《そば》にいてくれている。恐らくは、友情と忠誠のために。

「蘭蘭《らんらん》、お茶が入ったみたいよ」

「ええ、参ります」

返事をし、杏子と共に莉珠と同じ席につく。

三人そろったところで誰ともなく碗《わん》を取り、温かい茶を啜《すす》った。身分だとか序列だとかそういったことを誰も気にしないのが、この面々の素晴らしいところだと思う。

「それで杏子、新しく贈り物をくださったのはどなただったの？」

「一つは丹霞様に所縁ある府建のご貴族から。あとは副宰相の凌星河《りょうせいが》様と、宰相閣下の叔父、孟元奇《もうげんき》様からですわね」

「まあ、宰相陣営の方々から？」

「ええ。以前、宰相閣下主催の宴《うたげ》でご挨拶をした方からは、ほとんど来ていますわ」

「とてもありがたいことね」

感慨深く莉珠は言った。これまでは母方の親戚以外、これといって関わりのある相手はいなかった。それが今や宰相陣営の者たちと交友関係を築けている。大きな変化だ。

ただ、そうして交友関係が広がる一方、懸念すべき関係もあった。

皇后だ。彼女とその弟、羅玄瑞《らげんずい》とはこれまで何度か軋轢《あつれき》を生む出来事があった。皇帝を助けるため彼らに罪を着せたり、裁定で反撃してきた彼らを打ち負かしたり。

それらの原因は、恐らく莉珠の存在にある。

莉珠は皇帝の第一子。子がいない皇后にとって、それが最初の悩みとなった。そして今回、梦丹霞の第二子の懐妊。皇后にとって喜ばしい事態のはずがない。それを示すように皇后からは何の品も届いていない。

莉珠がそのことを気にしていることは言うまでもなかった。

莉珠の方は皇后を嫌っているわけでもなければ、嫌いたいわけでもないと思う。しかし向こうが威圧的に接してくるから、自然と身構えてしまうのだ。

本当は皇族同士で争いたくはないはずなのに……。

「我々にできることがあれば、なんなりとおっしゃってください。どんなわがままでも、無茶な願いでも。──ね？」

莉珠の顔を覗《のぞ》き込みながら春雷は言った。

「じゃあ……蘭蘭、杏子」

おずおずと、莉珠が春雷と杏子に手を差し出した。不安からか、やや震えている。

「少し、手を握ってくれない？」

「もちろんです。手を握るだけでいいのなら、いくらでも」

「ええ。いつでもわたくしたちは傍にいますわ。どうかご安心を」

春雷と杏子が同時に頷《うなず》き、莉珠の手を取った。莉珠は少し安心したように微笑んだ。

それから特に変化はなかった。あったとすれば、皇后からようやく贈り物が届いてほっとしたくらいだ。ちなみに中身はいたって普通の織物《おりもの》だった。

変化があったのは、さらに数日後のこと。警備を取り仕切る宦官《かんがん》が莉珠のもとを訪れ、身重の梦丹霞に会えると告げてきたのだ。直接祝いを言えることを莉珠は喜んだ。

「この度は、ご拝謁の機会をいただき恐縮の至りです」

そして——昼間でも閉ざされ、別世界のように静まった場所に春雷たちはいた。後宮の最奥で、莉珠はひっそりと母との再会を果たしていた。同席している春雷、杏子は緊張しながらそれを見守った。いつも思うが、親子の再会というにはかなり形式ばっている。皇族という特別な身分だから、仕方ないのだろうが。

「いいえ。足を運んでくれて感謝します、莉珠」

梦丹霞は雨のように静かな人だ。娘の莉珠は時々豪胆になることもあるが、丹霞にそういったところは見られない。いつも儚《はかな》げで、風が吹けば飛びそうだ。

後宮という空間で長年過ごしたせいもあるだろう。莉珠を産んだ年齢から考えれば、後宮に入った年齢は多分、今の莉珠よりも若かったはず。そんな年頃から長い年月を閉ざされた場所で過ごせば、孤独や沈黙に慣れていくはずだ。

「母上には滋養をつけていただこうと思って、珍しい人参《にんじん》を用意したんです」

「まあ、嬉しいこと」

丹霞が微笑むと、莉珠がほっと息を漏らしたのがわかった。

会えると許可が下りた後も、莉珠はしばらく落ち着かない様子だった。余計に気を遣わせてしまうかもしれないと考えたのだろう。だから母の笑顔一つでこれだけ安心する。

「我が弟妹も、順調に育っているようで」

「ええ、まだ小さいですけれど」

丹霞がお腹《なか》をさすった。服の上からではほとんどわからないが、丹霞の穏やかな表情からその存在がわかる。あと数か月待てば、新たな命に出会えるだろう。

「きっと皇帝陛下も、楽しみにしていることでしょう」

娘に甘い父帝のことを思い出してか、莉珠は微笑みを浮かべながら言った。

するとなぜか、丹霞が答えるのに少し間があった。

「ええ……そうですね」

なんだろう、今の考えるような間は。

莉珠も同じことを思ったのか、声に怪訝《けげん》そうな色が混じった。

「皇帝陛下とは最近どのようなお話を？　父上のことですから、母上のことが心配でたまらないのでは？」

すると、また間があった。そして――。

「いえ、陛下はしばらく来られていません」

予想していなかった言葉に、莉珠も春雷も固まった。

「お忙しい御身ですから、ご公務が大変なのでしょう」

その補足は、莉珠には意味を成さなかったようだ。後ろから見る小さな背中は、じっと固まったまま動かない。春雷もまた表情を変えられなかった。

――それは、あまりに冷たくはないだろうか。

皇帝が忙しいのはわかる。だがお腹を痛めて自分の子を産んでくれる人に、ひいては新たに生まれる家族に会いに来ようとしないなんて、さすがに無情ではないだろうか。

それに丹霞の行動も不思議だ。ただ寂しそうに目を伏せるのではなく、その気持ちを皇帝にぶつけてみようとは思わないのだろうか。

少なくとも春雷の生まれ育った家では、よく母が父に寂しいとぼやいていた。そのたびに父がすまないと謝り、仲直りをしていたものだ。

それが家族の絆《きずな》ではないのか。家族とは支え合うものではないのか。

「心配はいりません。他の方々がよくしてくださっていますから」

丹霞の声はやはり平然としていた。こういう取り繕い方に慣れているかのように。そして莉珠はというと、返事をせず、ただ聞き流していた。

「後宮の方々が文をくださったり、贈り物をくださったりしていますから。それに、皇后陛下も」

「……皇后陛下？」

その名には反応せざるを得なかった。

「皇后陛下は、どのようなお言葉を？」

「お祝いのお言葉をくださり、健やかに過ごされますようにと。そのために皇后陛下おん自ら内官たちを取り仕切り、厳重に警備を敷いてくださると」

そういえば、と春雷はここに来るまでのことを思い出した。

庭にも廊下にも、後宮では稀《まれ》に見るほど多くの内官が詰めていた。公主である莉珠への警備も普段から十分手厚いが、それとは比べ物にならないほどに。

あれを指示したのが皇后だというのか？　……一体なぜ？

「皇后陛下が……警備の働きかけを？」

莉珠も同じ疑問を抱いたのだろう。丹霞に尋ねたというより、自問するように言った。

なぜ皇后が、誰より嫌う母の警備をするのか、と。

それから再び丹霞に向き合った。迷いながら、ゆっくりと問いかける。

「では、母上は――それを聞いて、どう思われました？」

一瞬、丹霞の静かな雰囲気がわずかに揺らいだように見えた。莉珠の果敢さと、丹霞の謙虚さが、初めて正面からぶつかったかのように。

「皇后陛下が警備を働きかけてくださったと聞いたとき、どう思われましたか？　何か、思うところはありましたか？」

「どう、とは？」

しばらく探り合うような沈黙が続いた。

今までこういう場面は見たことがない。莉珠が丹霞に意見を聞いたり、それに対して丹霞が普段と違う表情を見せたりするようなことは。

だからこそ春雷も緊張した。丹霞は一体どのような反応をするのか。

正直なところ、いまひとつ梦丹霞の在り方というものが見えてこなかった。何を考え、何を欲し、どうやって生きたいのか。だがこの答えを聞けばわかるかもしれない。梦丹霞は母であることを選ぶのか、それとも。

沈黙ののち、ようやく丹霞が口を開いた。

「わたくしは、こう思いました。──この上なく、ありがたいお話であると」

口調も、表情も、元の丹霞に戻っていた。こちらから見える莉珠の姿は背中だけで、顔は見えない。だがどんな表情をしているか、想像はつく。

「……そうですか」

莉珠はすっくと立ちあがる。それに合わせて春雷と杏子も立ち上がった。

「では、皇后陛下にもお礼を言わねばなりませんね。また会いに参ります」

簡単な挨拶だけを後に、莉珠は退室した。

自室に帰ると、莉珠は黙って椅子に腰かけた。俯《うつむ》いたまま、何も喋《しゃべ》らない。

春雷と杏子は顔を見合わせ、温かい茶を用意して近くに腰かけた。しかしそれでも莉珠は顔を上げなかった。

春雷と杏子がどうしようかと思っていたとき、ようやく莉珠がこう言った。

「二人はどう思う？　皇后陛下が母上を守るって」

「残念ながら、わかりません」

「わたくしも……」

春雷と杏子が揃《そろ》って首を横に振ると、莉珠はまた俯いた。

皇后が丹霞を嫌っているのは、後宮にいる者であれば誰もが知っていることだ。二人の溝は深く、埋まることは今後もないだろう。それなのになぜ皇后が丹霞を守るのか。

わからないが、ただ一つ言えることはあるだろう。

「少なくとも皇后には何か考えがある、というのは確かでしょう。であれば、それが何か分かるまで無用に騒がぬ方がいいかと」

「騒いだら敵の思《おも》う壺《つぼ》ってこと？」

「恐らくは。優先すべきは生まれてくる御子様をお守りすること。そのために情報を探り、これからも丹霞様を見守るべきです」

「……わかった。これからもなるべく母上のもとへ足を運ぶわ」

「私も弟や秋明に聞いて探ってみますので」

「ええ、お願い」

返事をするなり莉珠は立ち上がった。そのまま「少し一人にして」と隣室へ向かった。

春雷と杏子は静かにその後ろ姿を見送った。


「なぜ」

一人になった莉珠は、低い呟《つぶや》きを漏らした。

――なぜ、考えないの。

先ほどの母の様子を思い出し、大きくため息をつく。

質問したときは一瞬動揺を見せたが、すぐに戻った。いつもの人形のような顔に。

莉珠も以前はそうだったからわかる。あれは考えるのを放棄したときの顔だ。気になることがあるのに考えないようにしているとき、莉珠もあんな風だった。

もちろん母に立場があるのはわかる。自分以上に大きな責任を負っており、簡単に行動できないことも。だがそれならせめて話すべきだ。自分でもいいし、側仕《そばづか》えの者だっていい。父だっていい。話を聞いてくれと言うべきだ。

父も父だ。皇后の目を気にしているとはいえ、会いに来ることすらしないなんておかしい。皇族といえど、私たちは家族ではないのか。

皇帝である父の顔が頭に浮かぶと、莉珠は無性に悔しくなった。莉珠の記憶の中の父はいつも玉座に座っており、宰相や大臣たちが話し合うのを黙って見つめていた。自分の考えは口にせず、ただただそこにいるだけ。今の母と同じように。

果たしてそれに意味があるのだろうか。それでいいと二人は思っているのだろうか。

……わからない。二人の考えがまるで見えない。

春雷たちは自分らしく生きるためにとりかえを行った。同時に罪も抱くこととなったが、それでも自分の足でちゃんと立っている。

杏子や彼女の幼馴染《おさななじみ》の王紫峰《おうしほう》もそうだ。自ら考え、進む道を決めている。

けれど、私たちは違う。私たち皇族はいつ誰が決めたのかわからない定めに従って生きている。王朝を維持するために人が死ぬことも、貴族がくだらない争いを繰り返す間に民が飢えていくことも、そういうものだと思って生きている。

だが少し考えればおかしいとわかる。年若い莉珠でさえ気づくのだから、父も母も気づいた瞬間があったはずだ。

――なのに、なぜ。

歯がゆい思いに、莉珠はきつく拳を握った。

春雷たち三人は、話し合った通り丹霞のもとに通い続けた。

「本日はご機嫌いかがでしょう、母上」

「ええ、悪くありませんよ」

ぽつりぽつりと声を掛け合う穏やかな時間が続くが、凪《な》いでいるのはきっと表面だけなのだろう、と春雷は思った。

以前、莉珠は丹霞に反発するような態度を見せた。直接疑問をぶつけてみたこともあったし、丹霞の釈然としない答えに苛立《いらだ》つこともあった。

しかし最近はそういった様子が見られなくなった。

納得したとか、諦めたとかいう感じではない。ただ、丹霞にぶつけるのをやめた。

いや、丹霞だけではない。自分や杏子にも話してはくれなくなった。それとなく話を振ってみても反応しない。だから内に溜《た》め込んでいるのではないかと心配になる。

あと、もう一つ気になることがあるとすれば——。

春雷はわずかに開けられた戸の向こうを見た。

長い渡り廊下の両側には、警備の内官が等間隔でずらりと並んでいる。

注がれる無数の視線。目的は防犯だとわかっていても、自分たちまでもが見定められているかのようで落ち着かない。

しかもこれを手配したのが皇后だというのだから、どうしても勘ぐってしまう。皇后には、警備以外に何か考えがあるのではないかと。

「では、本日はこれにて失礼いたします」

やがて莉珠がそう言い、立ち上がった。窓をぴしゃりと閉じるかのように。

莉珠と丹霞の間に、また一つ隔たりができたのが見えたような気がした。

「あと半月。丹霞様も健やかなご様子でしたし、ご弟妹の誕生がますます楽しみですね」

自室へ戻ると、春雷はなるべく自然に尋ねてみた。だが莉珠が口を開く様子はない。表情を変える様子も。

「皇帝陛下は相変わらずお忙しいようですが、御子がご誕生になれば、きっと通いつめることでしょう」

話を続けても、やはり莉珠の表情は硬いままだ。それも無理はないか。せっかく家族が増えるというのに、母の内心が見えないのでは……。

やがて莉珠は「一人で休みたいわ」と奥の部屋へ去っていった。杏子と二人きりになると、春雷はついこんな言葉をこぼしてしまった。

「……表立っては言えないけど、皇族の方々ってこういうものなのかな。少し冷たすぎるとは思わない？」

「同感ですわ。皇帝陛下のことなんて驚きました。丹霞様はお腹《なか》を痛めて陛下の子を産むというのに、会いに来ないだなんて」

杏子もすぐに頷《うなず》いた。彼女もまた珍しく表情が硬い。

「それに皇帝陛下だけでなく、他の皆様も皆様ですわ」

「他の？」

「ええ。普段でしたら、後宮中の皆様がこぞって丹霞様に会いにいらっしゃるはずでしょう？　お祝いの言葉を述べたり、手土産を持ち寄ったり。なのに皆様冷たすぎですわ。わたくしたち以外、誰も丹霞様のもとへいらしてないではありませんか」

「そういえば――」

言われてみればそうだ。

実際に仲がいいかはともかく、後宮には整然とした序列がある。皇后に続く地位である三夫人の一人なら、大勢の宮女たちが毎日のように押し寄せるのが当たり前のはずだ。

それなのに丹霞に会いに行った際、春雷たちは誰とも顔を合わせたことがなかった。いや、それどころか丹霞の居室の方へ向かう者を見たことさえないかもしれない。

これは偶然？　それとも……。

考え始めると、今までの疑問が一斉に押し寄せてくる。

やはりおかしなことが多すぎる。皇后が警備を申し出たことも、その警備が妙に手厚すぎることも、自分たち以外誰も丹霞のもとを訪れていないことも。

どれもが意味を持っているように思えて、春雷は思わず駆け出していた。


「わあ、珍しく怖い顔。キミにはあんまり似合わないよねえ」

「秋明、何か知ってるなら教えて」

辿《たど》り着《つ》いたのは宦官《かんがん》たちの控える区画だ。

その辺りにいる宦官に案内してもらい、秋明を見つけ出した。

「うーん、用件があるのはわかるけど、ちょっと急ぎすぎじゃない？　まずはゆっくりお喋りしようよ」

冗談のように言いながら、秋明は人払いの仕草をした。辺りにいた宦官たちがその場を離れ、散っていく。

「で、そんなに急いで話したかったことって？」

「色々あって……でも、一番は皇后陛下のこと。どうして丹霞様にあれだけ厳重な警備を敷いたのか気になって。だって、考えれば考えるほどおかしいよね？」

「うんうん、そうだねえ」

秋明は笑みを濃くした。驚いた様子は見られない。予測済みか、あるいは春雷の求める答えを知っているのか。

「何か知ってるの？　なら教えて。莉珠様や丹霞様に何かあってからじゃ遅いんだ。本当に心配なんだよ」

秋明は少し考えるような素振りをした。

「いいよ。でも聞く前に話してほしいなあ。キミ自身が気付いたことについて」

春雷は頷き、声を潜めた。

「……皇后陛下が警備を働きかけたのは、何か理由があってのことだと思う」

「うん、それから？」

「僕たち以外、丹霞様のもとに来ていないらしい。でもそんなの不自然だ」

「ああ。つまり？」

そこからがわからない、と春雷は首を横に振った。

「わかった、じゃあそこから始めよう。ああ、でも――」

思い出したように秋明は言う。

「その前に一つ確認したい。キミには、覚悟があるかな？」

「覚悟？　それは、どんな？」

春雷は緊張感をもって聞き返した。

「――人殺しの罪を背負う、覚悟」

告げられた言葉は想像を遥《はる》かに上回っていた。あまりに衝撃的すぎて、春雷はしばらく、秋明の白い顔を見つめ返すことしかできなかった。

ここから先を聞いたら……もう後戻りはできない。


話を聞くうち、無意識に手が震えた。想像するだけで怖くて、変な汗が背中を伝った。

――なるほど、確かにこれは覚悟が必要だ。

「大丈夫？」

恐らく真っ青になっているであろう顔を、秋明が覗《のぞ》き込む。

「……うん」

「そうは見えないけどね」

秋明の声色はいつもより優しい。彼なりに心配してくれているのがわかる。

「まあ、誰にだって重荷だよ」

「秋明でも？」

「オレはどんな重荷も嫌いだよ」

いつもの笑みで秋明は言った。

「ねえ……ところでこのこと、春蘭には？」

「言ってないよ。春蘭だけじゃなく海宝にも、他の誰にもね」

「そうなの？」

意外な答えに驚く。何か問題が起きたとき、彼はまず春蘭に話すものと思っていた。春蘭に働きかけ、解決に動いた方がよっぽど効率がいいからだ。

どうして、と春雷が言おうとしたとき、秋明の方からこう言った。

「ずっと昔から、一つ思ってたことがある」

密《ひそ》かに打ち明けるように、秋明の声が小さくなった。春雷も自然と耳を澄ました。

「キミとオレはちょっと似てる。弱くて、ずるくて、逃げるのが上手《うま》い。人の痛みに敏感すぎるあまり、後ろ向きな考えもしがち。常に最悪の事態を想像するからこそ、実際に起きてもそんなに驚かない。傷つきはするけど、諦めてるから割り切るのは早い」

「だから、僕になら最悪の事態も話せたってこと？」

「そんなところ」

秋明がそんなことを思っていたなんて初めて聞いた。

けれどあまり驚きはなく、すんなり受け入れられた。春蘭や海宝を光とするなら、春雷や秋明は影。表舞台に立つのは苦手であっても、暗闇を耐え忍ぶことには長《た》けている。

さっきの話だって、聞いたばかりのときは耐えられないと思っていたのに、今では少し痛みが和らいでいる。心のどこかでこういうことが有り得るかも、と思っていたからかもしれない。

「色々と思うところはあるけど……春蘭に話したくないのは僕もわかるよ」

「別にそうは言ってないんだけど」

わかるんだよ、と春雷は小さく言った。

「でもここまで推測できてるなら、もっと早くに話してくれればよかったのに」

光には光の、影には影の役割があるというのはわかる。だがそれならもっと早く言ってほしかった。かつてないこの濁流を防ぐために。

「それはオレも考えたよ。ただ」

軽く頷いたのち、秋明はどこか遠くを見つめた。澄んだ瞳。そこには、彼にだけしか見えない景色が映っているかのように見えた。

「意味がないから」

「意味がない……？」

「そう。これはきっと時間の問題だ」

何の話かわからず、春雷は眉を寄せた。

「皇帝陛下が、皇后陛下が、丹霞様が、キミたちが今のまま在り続ければ、どんどん歪《ゆが》みは強まる。そして、いつか必ず崩壊する。だからどこかで整理しなければならないと思ったんだ。全て元通りにするか、もしくは全て壊してしまうかで」

意味ありげな言葉に春雷は眉をひそめた。

やがてある言葉がひっかかった。それは『元通り』という言葉。

多分、ずっと春雷の頭の片隅にあったものだ。そしてあまり考えたくはなかったもの。現実として口に出されると、ずんと重みが深くなる。

『整理しなければならない』『元通りに』――。

秋明の言う言葉はきっと自分たち双子にも当てはまる。いずれ全てを清算するときが来る。それまでに、無数に存在する未来のうち、どれかを選ばなければならない。

☯

仕事を終えて屋敷《やしき》へ帰り着いた春蘭は、机の上にあるものをじっと眺めていた。

修理に出した扇は、無事に直って返ってきた。鶯色《うぐいすいろ》の扇面も、描かれた花鳥も、全体の形状も以前と変わらない形になっている。

だがほとんど完璧に戻っている中、一つだけ気になることがあった。

中心にある留め具だ。

以前は少しくすんだ金色だった。扇面の鶯色と相まって、その色味が儚《はかな》い風情を醸し出していたものだ。だが部品が替えられたのだろう、今は鮮やかな金色になっている。

それは、この扇の雰囲気とはどこか相容《あいい》れない感じがした。

もしかしたら春蘭にはそう見えているだけかもしれない。同じ役割を果たしているからこそ、違う部分が際立って見えるかのような。

だが、言い換えれば——違うものでも同じ役割を果たせているともいえる。

以前のものでも、今のものでも、同じように扇を支えることができる。唯一無二のものではなく、代用がきく。

この世にある、あらゆる物はそうだ。大抵の物は、失われても他の何かで代用できる。壊れれば直せるし、取り替えられる。

きっと物だけではなく、人にも言えることなのだろう。

『あんたが諦めるならそれはそれでいいと思うよ』

梅香《ばいこう》のあの言葉はこのことを示していたのかもしれない。

春蘭が諦めれば、それはそれでいい。誰かが春蘭の代わりになるし、この留め具のように同じ役割を果たすだろう。今はただ、春蘭が諦めていないだけで。

白水《はくすい》の動きが妙に鈍いと春蘭が感じ始めたのは、梦丹霞懐妊の報《しら》せが宮廷や都だけでなく、民衆にも広く知れ渡った頃だった。

世継ぎ待望の声は今や、榮国《えいこく》中のあらゆるところで聞こえてくる。というのに、董《とう》白水の動きはあまりにも遅かった。白水が後見人に名乗りを上げたのは、宰相陣営が書類を提出し、他の貴族たちがそれに続いた後だった。

あまりに致命的な出遅れだ。勝負に出る前から負けている。白面秀眉の貴公子と呼ばれる彼にしてはどう考えてもおかしい。その裏に何か考えがある、とかでなければ。

「三司《さんし》からの報告は以上です」

「承知した。下がっていい」

「は」

三司の官僚が後ろへ下がり、董白水の後ろについた。その顔はいつも通りの白さだ。邪《よこしま》なことなど何一つないかのように澄み、落ち着き払っている。

一体、何を考えているのだろう。

春蘭にとって一番の憂慮は、白水が御子の後見人になることだった。それを恐れたからこそ急いだのだ。そして無事に一番乗りに書類を提出したが、白水があの調子では完全に肩透かしだ。

素直に後見人を譲ってくれる気なら、当然それが一番いいのだが……。

それから数日が経過すると、不穏な予想は的中した。

新たな御子の後見人が天《てん》海宝に内定したのだ。

まず春蘭が作り上げた書類はすんなり審査を通り、書かれていた資産の額も後見人に相応《ふさわ》しいということで、海宝はすぐに候補人の筆頭に躍り出た。続いて何人もの貴族が名を連ねたが、いずれも人望、資産ともに海宝には及ばず、大して敵とはならなかった。

最も警戒していた董白水はというと、とうとう最後まで動くことはなく、誰かを使って妨害してくることもなかった。

最後に何か仕掛けてくるのでは、という警戒は完全に杞憂に終わった。

「無事、後見人に決定しましたね。秘書官、お疲れ様でした」

後見人が決定した直後、まさにその議会が行われていた聖和殿《しょうわでん》で星河が春蘭に言った。しかし、無事と言っている割にその顔はあまり嬉《うれ》しそうでない。

「……はい」

頷《うなず》く春蘭もまた、疑問を隠せなかった。あまりにも、あっさりしすぎている。

釈然としないまま、春蘭はしばらく聖和殿の柱にもたれかかっていた。

大勢の官僚たちが通り過ぎていく中、ふと目の前に影がかかる。何だろうと思って顔を上げると、少し距離を空けて、李子君《りしくん》がこちらを見ているのがわかった。

董白水陣営の中心人物にして参謀。そして祖父文健《ぶんけん》の教え子でもある。

春蘭個人としてはあまり敵視していない人物のため、普段ならそれほど警戒することもない。が、今は違う。少しの油断も見せたくない。

「何か用ですか？」

気を引き締め、普段より低い声で尋ねた。

しばらくの間、子君は何も答えず、警戒するように辺りを見回していた。やがて周りから人がいなくなった頃、小さくこう呟《つぶや》いた。

「あまり多くは告げられないのだが――」

その声にはやけに緊張感があった。

「身の回りに、気を付けた方がいい」

え、と小さく声が漏れた。

しかし、どういうことかと聞き返す間もなく、子君は足早に歩き出してしまった。


子君の不穏な言葉が頭に焼き付いて離れず、春蘭はいてもたってもいられなくなって市街へ出た。以前、助言を求めた際には、子君は何も言わなかった。だが今回は向こうから言ってきた。事態が変わったのだろう。

春蘭が急いでたどり着いたのは良俊《りょうしゅん》の下宿だ。

「これを、燕宗元《えんそうげん》に届けてもらえるかな」

素早く一通の手紙をしたためると、春蘭はそれを良俊に手渡した。手紙の内容は、些細《ささい》なことでもいいから、白水陣営の情報があれば教えてほしいというものだった。

何がどうとはっきりは言えないのだが、妙な予感がするのだ。さっきの子君の言葉もそうだし、宮廷全体の動きといい。何か大事なことを見落としているかのような、そのせいで知らないところで何かが動いているような……。

なんとか繋《つな》ぎ合《あ》わせて推測したい。どんな小さな欠片《かけら》でもいいからかき集め、状況を把握したい。

「――どうして、そんな顔をするんだ？」

「え？」

良俊に尋ねられ、春蘭ははっとした。

気付くと良俊が不思議そうにこちらを見上げていた。

「なんだか、困っているみたいな顔だ。あんたも困ることがあるのか？」

「まあね」

苦笑しながら春蘭は頷いた。頼りない師だと思われるかもしれないが、今は抱える問題が多すぎて、取り繕う余裕もない。

「じゃあ……これを渡してくれれば、解決するのか？」

「解決するかはわからないけど、参考になる材料が増える。そうなると私はすごくありがたいんだ」

「……そうか。なら、ちゃんと渡してくる」

良俊は納得した様子で、手紙をしっかりと懐にしまった。

少しずつ自立心や責任感のようなものが芽生えているように見える。彼の方がよほど落ち着いているな、と思いながら春蘭は託すように小さな肩を叩《たた》いた。

下宿を後にすると、城へ戻るためまた市街を歩いた。

だが、このとき事はすでに起き始めていたのだろう。多分、春蘭自身も考えることが多すぎて、注意が散漫になっていたのだ。

良俊を追いかけるように、黒い影が駆けていくのに全く気が付かなかった。


「ふうん、それでオレのところに？」

良俊の下宿を去ったのち、春蘭は秋明のもとを訪れた。子君の言葉や宗元の書状は飽くまで材料であり参考。最も頼りになるのはやはり秋明だ。

「考えを聞きたくて」

「でも子君の後ってのが気に入らないなあ。オレは所詮二番目の男？　いや、三番目かな？」

「私にとって秋明は最終兵器なんだよ」

「ものは言いようってやつだよねえ」

どうでもよさそうに肩を竦《すく》め、秋明は誰も入ってこない部屋の鍵を掛けた。宮廷にある空き部屋の鍵を多く所持しているのは、敬事房太監《けいじぼうたいかん》という秋明の地位ゆえだ。

「それで白水のことなんだけど、どうして動かないんだと思う？」

疑問を率直にぶつけた。秋明相手であれば細かい説明は必要ない。こういうところは本当に最終兵器だと思っているんだけど、と春蘭は密《ひそ》かに思った。

「さあ、なぜだろう」

「秋明にもわからない？」

「オレは方士《ほうし》じゃないからね。全部透けて見えるわけじゃないよ」

へらへらと秋明は笑った。その笑みには余裕がある。

全部透けて見えるわけではないということは、少しは見えているということだ。

「じゃあ何が見えてる？」

「そうだね、少なくとも後見人の件について想像できることならある」

「本当!?　なら詳しく教えてくれない？」

春蘭がぐっと前のめりになると、秋明が愉快そうに口角を上げた。

「おっと、いい間合いだ。このままオレの首を取る？　それとも口付けでもするかい？」

反応に困り、春蘭はそっと距離を取った。満足したのか分からないが、秋明はアッハッハと笑った。

「恐らくだけど、白水は後見人という立場を重視していない。もしかしたら、後見人になる気すらないのかもしれないね」

あっさりした答えに春蘭は拍子抜けした。

「後見人になる気すらない……？」

「ああ。本当にそのつもりならもっと動いてる。あらゆる方面に根回ししたりとかね。でも動いている素振りはない。キミだけじゃなく、オレの方にも何も入って来てないってことはそういうことだ。だろう？」

春蘭は頷いた。

「つまり後見人という立場をはなから捨てていて、名乗りを上げたのもただの『ふり』。本気じゃない」

「でも、そうしたら後見人は海宝でほぼ確定するよね。それってかなり危ういことにならない？　白水にとっては」

御子が男子であればもちろんのこと、女子であっても後見人は強い影響力を持つ。海宝がそんな立場を手に入れたなら、白水は窮地に陥るはずではないのか。

「う〜ん」

秋明はしばらく悩む素振りを見せた。答えがわからないというより、何と答えるか迷っているような感じだ。

「さっきも言った通り、そこまで重視してないんだと思う。後見人って立場を」

まだ意味がわからず、春蘭は首を傾《かし》げた。

「たとえば、後見人の立場を弱める画策をしてるとか。三司の立場で予算を操って。後見人の立場が弱くなれば、わざわざ私財を投じてその地位を手に入れる必要はない」

「ああ、確かに。むしろ私財を投じたことが不利に働いてしまう。だって、後見人になったことで資産はどんどん減るわけだから」

「そう。まあこれはたとえばの話であって、他の事情だって十分に考えられるけどね。とにかく、オレももうちょっと探ってみるよ」

「うん、ありがとう。助かった」

やはり秋明に聞いてよかった。少しだけ迷いが晴れた気がする。

「ああそうだ、オレからもキミに言っておくことがあったよ」

「うん？」

「春雷からの言づて。『今、梦丹霞様の周りには厳重すぎる警備が敷かれている。しかも、その警備はどうやら皇后が働きかけたらしい。なぜかはわからないけど、ひとまず様子を見てみる』だって」

ある一点が気になり、眉をひそめた。――梦丹霞の警備を、皇后が働きかけた？

春雷の言う通り、なぜかわからない。皇后は梦丹霞を忌み嫌っていたはずではなかったか。それなのに守るとは……？

「これについては……どう思う、秋明？」

「残念。ここからは有料」

「あっそう。なら自分で考える」

「ああ待った待った、そんなに慌てない」

無駄なやり取りにため息をつきながら、春蘭は浮かせかけた腰を下ろした。

「これも何か思惑があると思うよ。梦丹霞様に対する皇后陛下の思惑が。ただ、皇后陛下に関してはオレも近づきすぎると危ないんだよ。ちょっと時間がかかるかもしれない」

相手は皇族の中でも最も気位の高い皇后。これまでも何度か諍《いさか》いがあったが、そのたびに危うい目に遭った。迂闊《うかつ》に踏み込むのが危険なのはその通りだ。

「そっか、わかった」

頷き、春蘭は退室しようとした。しかし立ち上がったところであることが頭をよぎった。最近ずっと頭の片隅にあって離れないことだ。

「どうかした？」

ぼうっと立っている春蘭に秋明が声を掛けた。春蘭は振り返り、こう尋ねた。

「あのさ――」

少し迷ったのち、口を開いた。

「この世のものって、全部代用がきくと思う？」

唐突な問いに秋明は瞬きを繰り返した。

が、すぐにいつもの顔に戻った。それほど不思議そうにはしていない。

「代用っていうのは、人間も含めてってこと？」

春蘭は頷《うなず》いた。

「そうだなあ。その人じゃなきゃいけない、ってことはないと思うよ。例えばオレの場合、突然いなくなったとしても誰かが代わりに太監の座につく。そしてオレがしていた仕事をするだろう」

春蘭も同じことをずっと考えていた。自分は他の侍中と違い、秘書官という特別な立場だ。しかしそれは飽くまで宰相や副宰相と近い距離で仕事をするというだけで、他の誰かがその位置についたとしても代わりは務まるだろう。

つまり春蘭である必要はない。この立場は代用可能なものだ。

「けど、それは飽くまで世界にとっての話かもしれないね」

春蘭が俯《うつむ》いていると、秋明が不思議なことを言った。

「世界にとって？」

「うん。世界は別に変わらないでしょ。オレが他のヤツと変わろうが、どうなろうが。仕事はちゃんと進むし、今まで通りに機能する」

「うん」

「ただ、人と人との関係はそうじゃない。たとえば、小妹《シャオメイ》のためならオレはなんでもできるけど、他のヤツのためにはできない。キミと他のヤツは全然違う」

はっとしながら、秋明の言葉をしばらく頭の中で繰り返した。

確かに春蘭にとっての秋明もそうだ。彼は他の誰とも違う。春蘭にとっては保護者であり、小父《おじ》であり、友人でもある。

中身だってもちろんそうだ。秋明は他の誰とも違う観点を持っているし、その観点は春蘭にとって常に新鮮なものだ。こんな人は彼をおいて他にはいない。

「周りにいるのが誰だっていいってわけじゃないはずだ。家族も友人も、きっとその人じゃないとダメなはず。そうは思わないかい？」

「そうだね」

「もちろん相手との関係にもよるけどね。どちらにせよ、決めるのはキミだ。誰と関係を築きたいか、代用がきく関係でいいのか。そして代用できる関係になりたくないなら、きちんと行動するんだ。その人を決して失わないように」

ようやく腑《ふ》に落ちた。梅香の言葉が引っ掛かっていたことも、三日ぶりに帰ってきた宰相府に違和感を覚えていたことも。きっと春蘭は迷っていたのだ。誰とどういう関係性を築いていきたいのかを。

「ありがとう、秋明」

「参考になったかい？」

「うん、かなり」

「よかった。また迷ったらいつでも聞きにおいで」

微笑む秋明に背を向け、部屋を出ようとした。しかしそのとき、秋明が鍵を持っていることを思い出した。

「ねえ……鍵、開けてもらえる？」

「うーん、嫌」

うんざりしながら秋明を見た。余裕そうに微笑んでいるだけで動く気配がない。

「さて、このまま夜を明かそうか」

「悪いんだけど、この後も仕事があってね」

「海宝とは一緒に住んでるし、子君とはよく茶を飲んでるって聞くのになあ。オレといるのはダメなの？」

どうするのが正解かわからず、春蘭は顔をしかめた。

それから少し考えたのち、素直に答えることにした。秋明の場合、考えを探ろうとしても無駄だ。大抵は煙に巻かれてしまうのだから。

「秋明は家族でしょ。本当にいてほしいならずっといるよ。会いたくなったらいつでも来たらいいし。私の執務室にでも」

どうなのだろう、今の答えでよかったのだろうか。秋明は薄く笑っているだけだったが、しばらくしてから立ち上がり、部屋の鍵を開けてくれた。

「じゃあ今度、夜中に屋敷にでも押しかけるとしようかな」

「夜中はちょっと迷惑だけど、まあ好きにして」

本心はやはりわからないが、別にそれでいい。本当に困ったことがあったり、どうしても会いたくなったりしたのなら、別に夜中でも構わないのだから。

そんなことを思いながら春蘭は部屋から出ていった。


去っていく春蘭を見送った後、秋明は部屋の扉を閉め切った。

閉めなくたって誰も来ないのだが、この空気を外に出したくはなかった。

『この世に君子なんているはずないよ。人間は神様じゃないんだから』

昔、春蘭がそんなことを言っていたのを思い出す。

『じゃあキミは、この世で一番偉いのは誰だと思う？』

『そうだなあ……あ、世界で一番稼いでる人！』

そう言った彼女の無邪気な笑みを見て、秋明は腹の底から笑った。この子はなんて不躾《ぶしつけ》で自由なんだろうと。楽しくなって秋明も笑い飛ばした。——世界を、自分を取り巻く不条理を。

これからもずっと、人を呪わず、恨まず、不条理を笑い飛ばす人であってほしい。

だから……隠した。

実のところ、秋明の推測では白水の動きと皇后の動きには関わりがある。

だがこれは今まで春蘭が解決してきた陰謀とは全く別種のもの。もっと後ろ暗く、公にはできないような、人間の暗部に関わるものだ。

だから引き受ける。こんなもの、彼女に晒《さら》したくはない。


その後、秋明は自室へと戻ろうとした。

だが廊下を渡る短い時間で、周囲の空気がざわりとしていることに気が付いた。まるで何かが起ころうとしているかのように。

——もしや、存外早く動くつもりだろうか。

秋明は近くにいた側近を呼びつけ、状況を確認することにした。

「……どう、そっちの準備は？」

「完了しました」

「なら警戒しておいて。今夜、仕掛けてくる可能性がある。いつでも動けるように」

側近は頷き、影のように去っていった。

ひとまずはこれで大丈夫。事が起きたとしても対応できるはずだ。あとは自分の行動のみだ。この妙な雰囲気からして、向こうは自分のことも注視しているだろう。自室から出ることも最小限に止めなければ。

考えを決めた秋明は今夜は自室に入り、一息つくように椅子に腰かけた。

そのとき、机の上に丸まった書状があることに気が付く。

――なんだ、これ。

春蘭と会う前はなかったはず。部下の誰かが置いたのか、それとも。

怪訝《けげん》に思いながら紐《ひも》をほどいた。書かれた文字を見た瞬間、背筋が凍る。

「は……？」

知らず、立ち上がり、足が動き出す。

「なんだよこれ、どういう――」

もう一度側近を呼んで、これについても探るように指示しなければ――そう思ったときだった。

「今だ！」

「……っ」

何者かの声が聞こえたかと思った瞬間、目の前が真っ暗に塗りつぶされた。

そうか、そういうことか。じゃあ、今の書状も……。

考えているうち、強い衝撃を覚えたかと思うと、秋明の意識は途切れた。

同じ頃、良俊のもとでも異変が起きていた。

——刺客は突如、陰から現れた。燕宗元の屋敷《やしき》を出た瞬間、待ち構えていたかのように両脇から。

最初、良俊は何が起きたのかわからなかった。しかし闇夜にきらりと光る刃を見た途端、本能的に危険を察知した。

「行け、良俊!!」

やがて悲鳴のように自分を呼ぶ声が聞こえた。

暗闇に目を凝らすと、叫びを上げたのは、燕宗元に仕える胥吏《しょり》だとわかった。地面に倒れ伏した彼は、良俊の足元に何かを投げつけた。

丸まった書状だった。多分、宗元から秘書官宛てに書かれたものだ。

しかし、行け……と言われても。

胥吏の身体《からだ》から流れる赤い血を見て足が竦《すく》んだ。こんなの、どうしたら。

躊躇《ためら》っている間に、隠密《おんみつ》らしき男がこちらに気付いた。光る刃を今度は良俊に構える。

良俊はじり、と後ずさり——。

「早く!!　それを持って走れ!!　早く!!」

二度目の叫びが聞こえた瞬間、良俊はとうとう走り出した。だが後ろから追いかけてくる足音は素早い。

まずい、これでは追いつかれる。

焦りが思考を追い越したとき、良俊は、飛んでいた。道を外れ、深い崖の方へ。


——荒れ狂う炎。

——押し寄せる濁流。

——唸《うな》りを上げる竜巻。

国を揺るがす三つの災いは、刻《とき》を同じくして榮へと押し寄せた。

幕間

「素晴らしい働きをしてくれました。あの金万祥《きんばんしょう》が」

金万祥。以前副宰相をしていた男だ。無能ゆえ、天海宝《てんかいほう》を陥れようとして逆に陥れられた間抜けな人物。

だがその実、彼だけが知っている情報もあった。あの双子についての情報だ。

天海宝の傍《そば》にいるあの双子の存在は、天海宝と同じくらい目に付いていた。

特に、あの秘書官。潑剌《はつらつ》としていて、一つも悪びれないような顔。まるであらゆる自由を手にしているような顔。あの表情を見ると、腹の奥から苦いものが湧き上がる。

――この世に自由なんてあるはずがないのに。

白水《はくすい》が無意識に思い出すのは少年期のことだ。榮国《えいこく》人の父と、美しい金の髪をもつ奴隷の母の間に生まれた白水は、普通ではない少年時代を送った。奴隷である母親は、何度自死しようとしても父に阻まれ、幽閉されて過ごした。

今は……どうしているのか知らない。

結局のところ、人は自由になどなれない。だから白水は自由を求めるのをやめた。秩序に従うことにした。近くに置くのは奴隷だけになり、彼らは忠実に命令に従った。それでいいと思っていた。

だからこそ、ひどく不快な気分になる。天海宝と、あの秘書官を見ていると。

自由を失ったとき、彼らはどんな顔をするだろう。果たして威勢を保っていられるだろうか。想像すると、いくらか気分はましになる。

「では手筈《てはず》通りに。この噂《うわさ》をまず中央の貴族たちへ広めてください。方法は問いません。とにかくあの双子のことが知れれば」

白水は腰を低く下げている隠密に——異国の奴隷に言った。奴隷はこくりと頷《うなず》く。

それから奴隷に袋を渡した。中には彼のものと、もう一人分の菓子が入っている。白水の大嫌いな異国の菓子だ。

「餌を。本日は遅くまで帰れませんので。あなたがあげておいてください」

隠密が頷いて去った後、白水は一人呟《つぶや》いた。

「そういえば今、宰相秘書官の傍にも犬がいるそうですね。その犬は、菓子で釣れるのでしょうか」

滔々《とうとう》と流れる大河は、秩序を守るように、決められた場所を規則正しく流れ、大地を潤してきた。

しかしそれが今、決壊しようとしている。

「何を呟いていたのやら」

入れ替わりで、派手な袍を着た男が現れた。敵を同じくする人物——羅玄瑞《らげんずい》だ。

「しかし、まさかお前と組むことになるとはな」

「私は予期していましたよ。敵を同じくするなら、こういう運命も有り得るだろうと」

「で……あの者にも協力を求めた、というのは本当か？」

わずかに低くなった声からは、恐れ、躊躇い、少しの抵抗が見て取れる。

だが白水は意に介さず、いつもの涼しい笑みを浮かべた。

「さて、どうでしょう」

「否定はしない、か」

「言えることがあるとすれば、そうですね。青い草原を蹂躙するためには、川の流れだけでは足りない、ということです」

「焼き尽くされ、何も残らない、なんてことがなければいいがな……」

全ての源は董《とう》白水。彼が指示を出した途端、堰《せき》を切ったように流れ出すだろう。大地は押し流され、残った木の葉は獅子《しし》の炎に焼かれてしまう。

後に残るのは大河の水か、猛《たけ》る炎か、それとも。

第四章　落水激濁

その日は、朝からひっきりなしに足音が響いていた。

衛兵や官僚が、ドタドタと宰相府の廊下を駆けては戻り、また駆け、戻っていく。

「枢密使《すうみつし》、趙景翔《ちょうけいしょう》殿より、この少年は秘書官付きの者であると伺い――」

「ああ、まずは寝かせて。ゆっくりね。それから君、薬師を呼んで」

「この書状の内容が本当なら……おい星河《せいが》、宰相！」

「わかってる。急いで陣営の者たちに知らせて、招集するんだ！」

星河が指示を出し、以賢《いけん》が焦りの声を上げる。彼らの声音が緊張に強張《こわば》っていることが、普段とは違う事態であることを示している。

危急。危機。変局。目まぐるしく変わる状況の中、春蘭《しゅんらん》は少年の青白い顔と、乾きかけた赤黒い血の染みを見つめていた。

ごめん、申し訳なかった――そう告げるのが正解なのかもわからない。

ただ小さな手を握り、祈りを捧《ささ》げる。大丈夫、大丈夫だ、と。

血にまみれた良俊《りょうしゅん》が珠金城《しゅきんじょう》の門前で発見されたのは、今日未明のことだったという。

発見したのは門衛で、すぐに枢密使である景翔に報告された。景翔は彼が春蘭の使いだとわかったため宰相府に運ぶよう指示し、そこへ登城したばかりの春蘭、海宝《かいほう》、副宰相たちが駆けつけたのだ。

発見された直後、良俊はかろうじて意識があったそうだ。そのとき彼が門衛に告げたのは「なんとか逃げられた」という言葉だった。

彼の言葉の示す通り、良俊は多くの傷を負っていた。

しかし一体何から逃げていたのか。答えは良俊が握っていた書状で明らかになった。書状には宗元《そうげん》らしき字で、走り書きのようにこう記してあったのだ。

『董白水《とうはくすい》は、羅玄瑞《らげんずい》と手を組んでいた。それから――』

続きの文字は途切れていてわからなかった。だが少なくとも白水と玄瑞が手を組んだことと、彼らの手の者がこちらの味方を襲ったということはわかった。

――良俊を送り出したのは間違いだったのだろうか。

「薬師が来ました。秘書官、とにかく今は任せましょう」

「……はい」

もう一度良俊の手を握り、運ばれていくその姿を見送った。

「……一度、状況を整理してみませんか」

春蘭は書状を広げ、星河、以賢、そして海宝の三人に語りかけた。

動揺は収まらない。けれど悲観していても状況は悪くなる一方だ。今は全員で協力して、一刻も早く行動しなければ。

「まずはこの書状。白水と玄瑞が手を組んだとあります。であれば恐らく、玄瑞の姉である皇后陛下も絡んでいると考えるのが筋かと」

「三者が組んで、何かを企《たくら》んでいるということですか？」

星河の問いに春蘭は頷く。

「はい。白水が玄瑞や皇后と親密であるとは言いません。ですが敵は共通。すなわち我々宰相陣営です。ならば同盟を組むことは十分に考えられるかと」

「ふむ」

曖昧に星河は頷いた。

「ですが、そうだとしたら何を起こす気でしょうか？　反乱？　いくら董一族と羅一族の力が強くとも、何のきっかけもなく災いを起こすとは思えませんが……」

もっともな言葉に春蘭も頷く。

確かにそうだ。玄瑞はともかく、白水はあらゆる状況を考慮して事を起こす人物。ということは、考えたくはないが、これだけではないような気がする。もっと総合的に状況を見なければ。例えば、他に何かおかしな動きはなかったか——。

春蘭がそう考えていたときだった。

「おいお前ら!!　大変だ!!」

扉を開け、駆け込んでくる人影があった。刑部《けいぶ》の官僚、王紫峰《おうしほう》だ。

「何があったの？」

春蘭が聞いたのち、紫峰はしばらく息を切らし、衝撃的な言葉を口にした。

「青《せい》春蘭が、梦丹霞《ぼうたんか》の殺害未遂に及んだとの訴えがあった……!!」

「――は？」

皆すぐには理解できなかった。特に春蘭は予想だにしなかった報《しら》せに固まった。『春蘭』ということはつまり、春雷《しゅんらい》が？　梦丹霞を殺害未遂？

ありえない。心優しい春雷がそんな凶行に及ぶはずがないし、そもそも動機がない。そんなこと、あるはずがない。

「言いたいことは色々あるだろう、が……」

春蘭の顔色を見て紫峰が苦い顔で押し黙った。その後を引き継いだのは海宝だった。彼もまた一瞬春蘭を心配するように一瞥《いちべつ》を投げかけたのち、端的にこう尋ねた。

「訴えとは、誰から。どんな内容でだ」

「訴えは皇后陛下から。内容は、昨夜、青春蘭が梦丹霞の閨《ねや》に忍び込み、凶行に及ぼうとしたということ。宦官《かんがん》たちが見つけ、大事には至らなかったが、春蘭の手には小剣が握られていたとのこと。それで嫌疑が掛けられた」

「今、彼女らはどうしている？」

「丹霞様は自室で警護中。春蘭は外朝の牢《ろう》にて拘束中だ。本来、後宮のことは後宮で片を付けるのが常だが、今回は例外措置が取られた」

「我々宰相陣営を疑って、か？」

「はっきり言やあ、そうだ。旦那の差し金じゃないかって疑われてる」

しばらくの間、誰も喋《しゃべ》らなかった。それから自然と春蘭に視線が向いた。何か知っているかもと思われたのだろう。だが何も知らない。春蘭は首を横に振った。

「……ありえません」

本音と、あとは願いだ。どんな事態になろうとも、春雷が人を殺そうとするわけがない。そう信じている。

ただ、それで通用するとも思っていない。皆を説得し、春雷を救うためには、論理的に話す必要がある。

「そんなことをしても得がありません。ご存じの通り、我が姉は莉珠《りじゅ》様の侍女。その立場を失うとわかっていて、主の母上である丹霞様を殺害しようとなどするはずがありません」

春蘭は言ったが、海宝と紫峰は目を伏せ、星河と以賢は神妙な顔でこちらを見ていた。

皆、何かを考えているが、誰も何も言わない。情報が少なすぎて何が真実かわからない。これといった主張ができないといった様子だ。

もどかしく、春蘭もさらに考えを巡らせた。だが普段ほど頭は回らなかった。良俊のことで動揺しているせいかもしれない。こんなに同時に事が起こりすぎては……。

「宰相閣下っ!!」

そのとき、ほとんど叫びのような呼び声が外から聞こえた。

誰だ、と問いかける間もなく雪崩れ込んできたのは枢密使、趙景翔だった。

息が上がっているにもかかわらず、その顔は白い。恐怖にうち震えるかのような顔を見て、その場の者たちはまたしても異常事態であることを理解した。

「今度は何だ」

もはや駆け込んできたこと自体に海宝は驚かない。他の皆もそうだったが――。

「尭《ぎょう》との国境線から……っ!!　敵軍が……!!」

告げられた言葉は他のどれより強烈で、信じがたいものだった。

「敵軍が、押し寄せています!!　どうやら宿蘇《しゅくそ》の砦《とりで》を突破したとのこと……!!　数は少なくとも五千、そして将軍は――尭国皇帝、風烽山《ふうほうざん》……!!」

皆、ただただ絶句する。

風烽山とは榮《えい》にとって災いそのもの。恐るべきその名に皆、黙ることしかできなかった。

さっきまで巡っていた春蘭の思考も凍りつき、動きを止めた。

烽山が国境を越えた……？

いや、それも大事だが、それ以上に気になる言葉があった気がする。

そう、『宿蘇』だ。つい最近も聞いた地名。確か、最近白水が訪れた地だったはず。そして誰かと会談したかもしれないと、宗元は言っていたはず……。

その瞬間、思考が弾《はじ》けた。全ての符号が一致し、思わず声が漏れる。

「……っ、やられた！」

春蘭の大きな声に、皆がこちらを振り向いた。

——そうか。そうなのか。そういうことか。

なら恐らくは、梦丹霞の懐妊が知れ渡る前から、後見人争いをする前から、白水はすでに罠《わな》を張り巡らせていたのだ。

そして今、歯車は動き出した。濁流が全てを押し流そうとしている。

「皆様、私の話を聞いてくださいませんか！」

その場の皆に、春蘭は語りかけた。

「つまり、三つの事態が同時に起きたのは偶然ではないと？」

「……はい」

星河の問いに春蘭は頷《うなず》いた。もはや動揺している場合ではない。一刻の猶予もない。そう思うと途端に頭の中の靄《もや》が晴れ、考えが回り始めた。

「順に思い出してください。今朝報告された出来事を」

春蘭は皆を机の周りに集め、机の真ん中に書状を置いた。良俊が握っていたあの書状だ。

「最初はこちら。宗元殿からの書状です。『白水は玄瑞と手を組んでいた』、そう書かれていました」

その場にいなかった紫峰と景翔に向き合い、改めて説明する。

「そして以前、宗元殿はこうおっしゃっていました。白水は北の国境付近である宿蘇へ赴いたかもしれないと。しかもその日はやたらと警備が厳重だったため、誰かと会談していた可能性があると」

春蘭は書状をしまい、代わりに地図を広げた。

「つまり推測できるのはこうです。白水は宿蘇で玄瑞と会談をしていた。しかもその際、宿蘇の領主にはこう命令した。国境警備を弱めるようにと」

「国境警備？　なんでそんな話になる」

以賢が言った。春雷の件があるからか、彼はまだ怪訝《けげん》そうにしている。しかしこの件に関しては、春蘭には確信があった。

「会談より先に、白水は三司使《さんしし》としてある決断を下したからです。これについては、景翔殿と星河殿も覚えているはずですよね」

そう言うと、星河がはっと息を呑《の》んだ。

「廂軍《しょうぐん》の予算削減の件ですか。確かあれによって、地方の工事が減ったとか」

「そうです。しかも宗元殿によると、宿蘇の砦は古く、まともに修復されていなかったのことでした。ここから考えるに、白水は予算を削減したことでわざと修復させなかったのだと思われます。尭の侵攻を誘うか、もしくは侵攻があったと装うために」

偽装しておけば後で言い訳ができる。そのために白水は事前に準備をしていた。

「次に、『春蘭』が梦丹霞様の殺害に及ぼうとした件です。こちらも今朝、刑部の紫峰から報告がありました。もう一度、詳しく話していただけますか」

「ああ」

紫峰は頷き、説明を始めた。

「事件自体は昨夜のことだったらしい。小剣を持った青春蘭が宦官により発見され、梦丹霞様はすんでのところで救出された、ってのが訴えの内容だ。そしてどうやら後宮の上層部連中は、俺たち宰相陣営が首謀したんじゃないかって疑ってる」

「そりゃあそうだよね。こっちには春蘭の弟がいるんだ」

以賢がこちらを見て言った。その目からは猜疑《さいぎ》の色が窺《うかが》える。

先ほどから以賢の春蘭に対する視線は鋭い。明らかに春蘭のことを疑っている。

ただそれも今は仕方のないことだと春蘭は思っていた。この状況では、春蘭が疑わしいに決まっている。ここから覆していかなくては。

「そう考えると、疑われてるのは宰相陣営じゃなく秘書官だろ？　なら、そいつだけを突き出したら済む話だ」

どう答えようかと一瞬躊躇《ためら》ったが、意外にも星河がこう言った。

「いいえ、以賢君。そう簡単な話ではないと思います」

「……なんで」

「第一に、宰相秘書官は宰相閣下に最も近い立場。秘書官を疑うことは宰相閣下を疑うも同然だからです。第二に、今や僕たちも宰相陣営の一員。秘書官だけを突き出しても、僕たちへの疑いは晴れません。あとは……この件で誰が得をするかを考えるべきですね。それについては、僕は秘書官ではないと思います」

春蘭は礼をするように頷いた。

「凌参政《りょうさんせい》の言う通り。梦丹霞様は間もなく生まれるはずの御子を身ごもっておられます。そんな彼女と御子を殺害することで利益を得るのは誰か。当然、皇后陛下です」

「それは……そうだけど」

「ですからこの件も、皇后及び玄瑞と白水の同盟によって作り上げられたと考えるべきです。皇后の利益のため、さらには宰相陣営に痛手を負わせるために」

「まあ、御子殺しなんて最悪の罪をなすりつけられたら、たまったもんじゃねえよな……」

ぽつりと紫峰がこぼした言葉に春蘭は苦い顔をした。

そう、一番悪いのはそこだ。彼の言う通り、この罪だけはなすりつけられたらどうしようもない。権力の失墜はおろか、陣営全員の処刑だって免れない。

「そう考えると、後見人の件も今では不思議じゃありませんね。亡くなる予定の御子に出資したって仕方がありませんから」

そう言ったのは星河だった。確かに、と春蘭は思った。

だがそれも考えるのは後。まずは情報共有が先だ。春蘭は話を戻すことにした。

「どちらにせよ、今重要なのは訴えを退けるための材料です」

「つまり、どうすりゃいい？」

「事件のずっと前、私は『春蘭』からおかしな言づてを預かっていました。丹霞様の懐妊がわかってから、丹霞様周辺の警備だけが異様に厳重になったと。そして、その警備を働きかけたのが他でもない皇后陛下だったと」

「皇后が警備を？　怪しすぎるだろ……」

紫峰が顔を引きつらせた。

「皇后の警備下なら、どんな事件だってでっち上げられる……それこそ御子殺害未遂も起こせるし、その罪をおびき寄せた春蘭になすりつけることだってできる」

「はい。それに『春蘭』以外の第三者を一切近づけないことだってできたはずです。警備に携わったのが皇后側の者のみなら、いくらでも不正ができます」

春蘭の意見に皆、おおむね賛成した。以賢だけはまだ胡乱《うろん》そうな顔をしていたが。

「そして最後。これまた最悪の出来事と言っていいでしょう。景翔殿、もう一度説明をお願いいたします」

「ああ……」

景翔の顔色はさっきより幾分ましになっていた。しかしこれから対応しなければならない相手を考えると気が重いのだろう、声は低いままだ。

「尭の皇帝、风烽山率いる軍が国境を越えて攻め入ってきた。破られたのは宿蘇の砦だったそうだ。兵の数はおよそ五千。だがこれは先鋒《せんぽう》に過ぎず、大軍が続いているらしいとの報告も上がっている」

絶望的な報告を聞き、とうとう皆押し黙った。

殺害未遂の件も非常に難しい問題だが、それに劣らぬほど……いや……。

やがて自然と全員の視線が海宝に集まった。海宝は元武人であり、禁軍を率いる総大将でもあった。戦に関してはこの中で誰より詳しい。

「状況は最悪だな。すでに国境を破ったということは、都にたどり着くのも時間の問題と言えよう」

俯《うつむ》きがちに景翔は頷く。

「……ええ。ですのでこちらも急ぎ、足止めの隊を出しました。とはいえあまりに急な出来事だったため準備がしきれず、少数の隊しか出せていない状況ですが」

「だが、なぜ予測できなかった？」

「何らかの力が働いているとしか。昨日までは何の報告もなかったのに、今朝いきなり国境が破られたなど、普通はあり得ません……」

「ではやはり白水が宿蘇に命じたか。寸前まで足止めをするようにと」

海宝はそこで言葉を切り、そっと目を閉じた。

「もしくは――烽山とも組んでいて、留め置くよう願い出たか。どちらかだな」

ぞっとするような推測に、皆、口をつぐんだ。

白水と玄瑞がいずれ手を組むかもしれないことは想定できた。そこに皇后が加わるかもしれないことも同じだ。ただ、これだけは予測していなかった。予測したくなかった。

――白水と烽山。その名の通り、水と炎だ。本来であれば、交じり合うはずがない。よほど共通する目的がない限り。たとえば敵が共通していて、どちらも徹底的にその敵を潰したいとか……。

「……とにかく、あまり時間はありません」

春蘭は言った。春雷による殺害未遂が知れ渡るのも、尭軍が近づいてくるのも時間の問題だ。もたもたしていては全てが終わる。春蘭は海宝を見た。

「今すぐに動くべきかと。閣下、役割分担をお願いします」

海宝もしっかりと頷いた。全員で協力しなければ、この難局は乗り越えられない。

「ああ。まずは秘書官、情報収集と裁定の準備を。証拠を集め、皇后、白水らの非を立証できるように整えよ」

「はっ」

「紫峰、刑部での立ち回りを。可能であれば青春蘭を救出する手筈《てはず》を整えよ」

「ああ」

「凌参政、情報統制を。殺害未遂の件も尭軍侵攻の件も、むやみに広まらぬように。場合によっては箝口令《かんこうれい》の発令も辞さぬ」

「了解です」

「劉《りゅう》参政、裁定に向けた資料の作成を。陣営が勝つための条例を用意せよ」

「……はいはい」

「景翔、急ぎ戦準備を。兵は無論、お前自身も出陣の用意を整えよ」

「はっ！」

景翔が返事をしたとき、春蘭は少しだけ不安を覚えた。

尭は皇帝自身が最前線に立っている。兵の士気はこれ以上ないほど高いと言っていいだろう。その点、景翔はまだ若く、禁軍を完全に掌握できているとは言いがたい。それに直接烽山と刃を交わしたこともないはずだ。

誰もがその姿を見て逃げ出すという武人。果たして、それを止められるのか。

いや、今考えても仕方がないか。どのみち宮廷内でも大変なことが起きているのだ。心配することは山ほどある。

「そして楊秋明《ようしゅうめい》……は、いないか。なぜこのような大事に」

一通り指示を終えた後、海宝は怪訝そうにあたりを見回した。

そういえば、春蘭も不思議に思っていた。何かあれば一番に来るのが秋明だ。春雷による殺害未遂の件など、紫峰より早く伝えに来てもおかしくなかったはず。

それなのに一体なぜ？　まさか何かあったのか……？

「仕方がない。秘書官、奴を捕まえ次第伝えてくれ。急ぎ情報共有をと。梦丹霞と皇后のことはもちろん、公主様のことも聞かねばならぬ」

「ええ。伝えておきます」

海宝の言う通り、莉珠や杏子《きょうし》がどうなったのかも知りたい。春雷の傍《そば》にいたことで、彼女たちも疑いをかけられているはずだ。まずは秋明に連絡を取り、会いに行こう。それから良俊の様子を見て、春雷のことを紫峰から詳しく聞こう。

「以上、異論はないか？」

海宝の言葉に、全員が頷《うなず》く。

「では各々、責務を果たしてくれ」


春蘭はまず秋明に会いに行った。だがなぜか連絡が取れなかった。いつもは秋明を呼ぶ場合、門衛に秋明の部下を呼んでもらい、そこからさらに秋明を呼んでもらう。

しかし門衛によると、今日は部下の宦官《かんがん》さえ見つからないというのだ。

一体何が起きているのか。春蘭は乾陽門《けんようもん》の向こうを見た。朱塗りの大きな門の向こうには、さらにもう一つ門があって、その門は閉まっている。当然、中は見えない。

春雷は外朝の牢《ろう》に入っていると紫峰が言っていた。ならばもしかして、秋明も？

莉珠と杏子のことも気になる。彼女らの顔を思い浮かべたとき、今朝の良俊の姿が浮かんだ。怪我《けが》をして、青白い顔で倒れていた良俊を。

考えかけて、すぐに首を横に振った。わからないことを考えても仕方がない。

「楊秋明かその部下を見つけたら、ただちにここへ留め置いて、私に連絡を」

春蘭は門衛にそう言い残し、次に良俊の様子を見に行くことにした。

薬師に聞いたところ、良俊の傷は深くなく、すぐに手当ては終わったという。まだ目は覚めていないが、疲れて眠っているだけなので、心配ないだろうとのことだった。

春蘭はほっと息をつき、その足で今度は刑部の紫峰のもとへ向かった。

紫峰の執務室に入ると、春蘭はすぐに尋ねた。しかし紫峰は渋い顔で俯いたまま、しばらく口をつぐんでいた。嫌な予感を覚えつつ、春蘭は先を促した。

「何か問題でもあった？」

「いや……正直な、監視が多すぎて動けたもんじゃねえんだ」

「監視？　紫峰への？」

「ああ。俺が宰相陣営だってことは知られてる。つまり、俺も殺害未遂に関わってるんじゃないかって疑われてるってわけだ」

「じゃあ、『春蘭』にもまだ？」

「会えてない。悪いな。それに杏子のことも、公主様のことも、秋明のことも、俺には情報が何一つ入ってきてない。おかしいと思ったがどうやら全部遮断されてるみたいだ」

春蘭は額に手を当てた。秋明や莉珠たちの消息はもちろん、このままでは劣勢を覆すための情報すら得られない。宗元もまた襲撃に遭って消息不明なのだ。

「……思った以上にきついな」

皇后の訴えを退けられる証拠や証言を集め、無罪を主張するのが春蘭の役目。だがこれでは勝つ目算さえも立てられない。

「ねえ、こんなこと聞いても仕方ないかもしれないけど。もし今の状況で裁定に臨んだとして、どれくらいの勝率になると思う？」

「一割、いや、一分もあればいい方だろう。天変地異が起こらない限りはな」

「……だよね」

絶望的な状況に、春蘭は長いため息をついた。この状況を前向きに捉えられる要素があるとしたら、今以上悪くなることはない、ということくらいだろうか。

そう思いながら、紫峰に礼を言ってその場を去ろうとしたときだった。

「――なあ、そういえば……お前さ」

引き留めるように紫峰が言った。なぜかその声はいつもより強張《こわば》っている。

「ん、何？」

聞き返したが、しばらく紫峰は黙っていた。どうしたのだろうと彼の顔を覗《のぞ》き込むと、ようやく彼はこう言った。

「その……最近おかしな噂《うわさ》を聞いてないか。宮廷内で」

しばらく考えた。今の宮廷内は色んな情報が入り乱れすぎていて、どれのことかわからない。とはいえ、重要なものはすでに紫峰とは共有しているように思う。

「いや、特に心当たりはないと思うけど」

「そうか。なら、いいんだ」

やはりその口調はぎこちなく、歯に衣着せぬ物言いをする彼にしては珍しい。どうしたのかと尋ねようとしたが、それより早く、紫峰は「またな」と去ってしまった。


衝撃の報《しら》せから数日が経《た》った。しばらくは星河の情報統制が功を奏したが、それもとうとう破られ、青春蘭による梦丹霞殺害未遂は宮廷のほとんどが知るところとなった。

同時に尭軍侵攻の報も広まると、宰相陣営はこんな風に捉えられるようになった。

宰相陣営が夫人梦丹霞及び御子殺害未遂を起こした。彼らのせいで天罰が下り、尭から災厄が訪れたのだ、と。あまりに曲解で、普段ならば笑い飛ばす者も多かっただろう。だが今の景陽《けいよう》はそういう雰囲気にならなかった。

これも白水が関わっているのだろうと春蘭は思っていた。

事を起こす前に白水が根回しをし、貴族たちを味方につけていたのだと思う。貴族たちは領民にこれらのことを吹き込み、榮全土に誤った噂が広まったのだ。

こうして今や味方する者たちは、もはや身内しかいなくなっている。

だから情報も証言も得られない。その上、敵は攻めてきている。

宰相陣営の者は誰も口にしないよう気を付けてくれているが、好転する要素がない今、皆じわじわと焦りを感じ始めているはずだ。

これ以上仲間を失わないよう、少しでも状況を変えなければ。

どうすれば状況を変えられるか、と春蘭は頭を悩ませた。

紫峰、星河と協力しながら、今も情報収集を続けている。

しかし大した収穫はなかった。秋明や莉珠の行方とか、後宮内でどのように殺害未遂がでっち上げられたかとか、そういった情報は依然として得られないままだ。

思考がぐるぐると回り出す。どうしようかと思った末、一旦頭を冷やそうと思って春蘭は部屋の外へ出た。そして少し辺りを歩いていると——。

「……どうかしたのか？」

後ろから声がしたのでびくりとした。

そして振り返ったとき、さらに驚いた。躊躇《ためら》いのある表情。心配そうな瞳。そこには、怪訝《けげん》そうにこちらを見る海宝の姿があったからだ。

宰相陣営の皆で顔を合わせることはあったが、こうして一対一で向かい合うのは久しぶりだ。突然のことに対応できず、頭が真っ白になった。

今までは——どうやって話していたっけ。

「何か、相談事でもあったのかと思ってな」

おずおずと海宝が言った。どういうことだろう、と思っていると、海宝が春蘭の後ろを指さした。そこには宰相執務室の扉があった。

そうか、ここは執務室へ通じる廊下だ。何か報告でもあったと思ったのだろう。

「あ……そういうわけでは！　どうぞお通りください！」

そのまま頭を下げ、海宝が通り過ぎるのを待った。しかし動く気配はない。ゆっくり顔を上げると、彼はなおもこちらを見つめていた。

「ええと……？」

「そういえば、最近あまり話せていなかったな」

慮《おもんぱか》るような表情で海宝が言った。

「よければ少し、話すか？」

「え？」

思わぬ提案に驚いた。決して嫌ではない。が、どう接するべきかまだ決めかねている。この状態できちんと話せるかどうか……。

「構えずともいい。茶を飲んで休憩してくれるだけでも構わん」

春蘭の戸惑いを察したのだろう、やがて海宝はそう言った。

それで少し気持ちが楽になった。いずれ向き合わなければならないのも確かだし、せっかく向こうから誘ってくれたのだ。春蘭は軽く拳を握り、頷いた。

「では、少しだけお邪魔させてください」

見慣れた執務室に入ると、すぐに懐かしい匂いが鼻を掠《かす》めた。茶と香の混じったようなほろ苦い匂い。海宝の人柄を表したような、厳しさと優しさを混ぜたような匂いだ。

その匂いに、かつての思い出が蘇《よみがえ》った。

あれは宰相選が終わり、海宝が次期宰相に決定した日のことだ。伝えたいことがあると言われ、今のように彼に招かれて二人で話をした。

そこで——初めて告白を受けた。こんな茶の匂いに囲まれながら。

「楽にしてくれ」

速くなる鼓動を抑えながら春蘭が椅子に座ると、海宝はやや離れた場所に腰かけた。わざとそうしてくれているのだろう。少し鼓動が落ち着く。

「先ほどは、どちらへ行っておられたので？」

「枢密院《すうみついん》だ」

「ということは、軍議ですか？」

「そうだ。龍台《りゅうたい》の砦《とりで》が落ち、尭軍はそこを拠点にしようとしているとの報告があった」

「なんですって？」

春蘭は顔をしかめた。宿蘇に続いての陥落だ。とはいえ宿蘇は白水の差し金があったから、実質的に砦を落とされたのは初めてだ。

「さらに、後方より援軍が駆けつけているという。尭国皇帝率いる先鋒《せんぽう》に加えて、いずれ三万の大軍となる見込みとのこと」

「三万……」

宿蘇の門はこちらから開いたも同然。敵は入ってくる一方だ。いずれは五万、十万にだってなりかねない。

「それは……防がねば。拠点を作られては侵攻が早まります」

「ああ。そのため補給線を断つよう景翔が動いている」

「そうですか……」

けれど、補給線を断つことで勢いが止まるのは恐らく一時的だろう。増援が来て、別の経路を確保されては意味がなくなる。こちらも多くの兵力を割き、対応しなくては。

とはいえ禁軍およそ三万のうち、何割かは都の防衛に残しておきたい。そうなると農兵を駆り出す必要が出てくるが、農村から人員をかき集め、指揮して戦地まで向かわせるとなるとかなりの時間がかかる。

その間にもし、景翔の軍が破られたりしたら……。

「時間が足りませんね……兵力も」

「ああ、その通りだ」

しかし、そう頷《うなず》く海宝の声は悲観的ではなかった。むしろ決意のようなものを感じる。

「何か策でもあるんですか？」

「いや、お前と違って俺は策士ではない。もっと簡単なものだ」

「どういうことです？」

「時間も兵力も足りないとお前はさっき言っただろう？　加えてこちら側には、もう一つ足りないものがある」

　時間、兵力のほかに、もう一つ足りないもの。何だろうかと考えているうち、海宝の背後に戦場の風景が浮かび上がった。戦場で要となるのは拠点や兵糧、兵の数だけではない。ときにはそれら以上に重要になるものがある。士気だ。

　戦った果てに勝利があると信じられれば、兵たちは戦える。だが負けるかもしれないと思えば逃げ腰にならざるを得ない。しかも今回の敵は尭の覇者、赤獅子《あかじし》の风烽山だ。炎のように苛烈で、獣のように狂暴。自国民からは戦神のごとく崇《あが》められている。

　対して、こちらの将は趙景翔。彼のことは信頼しているが、いかんせん経験が浅い。それに直接烽山と刃を交わしたこともないはずだ。

　それに――人は英雄譚《たん》を好むものだ。かつての英雄の血を引く者同士が戦うとなれば、俄然《がぜん》士気は高まるし、畏怖のような感情も湧く。そういう意味で以前の戦い、互いに慶《けい》の皇族の血を引く海宝と烽山の一騎打ちはうってつけだった。

　一方は慶の蒼龍《そうりゅう》と呼ばれ、宰相にのし上がった亡国の皇子。

一方は尭の赤獅子と呼ばれ、肉親をも殺《あや》めて君主となった皇帝。

両雄の対峙《たいじ》は敵味方に同じくらい希望と不安を抱かせた。だが今回は違う。もしこの問題を解決できるとしたら、方法はきっと一つしかない。

「もしや」

そう言いかけて、声が詰まった。

「そうだ。俺が打って出る」

海宝が春蘭の言葉を引き取った。

「少なくとも数日のうちにな。それでなんとか拮抗《きっこう》状態まで持ち込めればいいと思っている。自惚《うぬぼ》れと言われるかもしれんが」

「しかし――」

色々な感情が混ざり合い、言葉はそこで止まった。

海宝の選択は間違っていないのだろう。烽山という圧倒的な敵に対して、真っ向から対峙できるのは海宝だけ。彼だけが兵の士気を高められる。だからきっと、兵たちも彼の参陣を期待しているに違いない。

とはいえ今の海宝は宰相という地位にあるし、それに……。

「あなたは、宰相です。あなたがいなければ、国は回らなくなってしまう」

「そうでもなかろう。お前がいれば問題はない。副宰相たちもいるしな」

「ですが少なくとも、陣営としてのまとまりは弱くなるでしょう」

「多少は仕方がないだろうな。だが、敵国が攻めてきているのであれば、それを防ぐのが最優先だ」

「ですが……！」

反論しようとしたが、それ以上言葉は出てこなかった。海宝の言っていることが正しいと、春蘭にもわかっている。

「今はまず、国を守らねばならぬ」

「……」

「お前も知っての通り、俺が宰相となったのは偏重した貴族主義を廃すため。それが少しずつ実現しつつある今、国を乱されるわけにはいかない。危機が迫っているならば、俺がこの手で排除しなければ」

海宝の部下になってからというもの、色々なものと戦ってきた。利権を貪る貴族たちであったり、貴族偏重な国の在り方であったり。それを二人で少しずつ平らにしてきた。そして今、ようやく変わりつつある。それは春蘭も重々承知している。

「あなたが矢面に立って、ですか」

「種を蒔《ま》いたのは俺だからな。宰相となり、国内での対立を生んだのも、宰相となって改革を推し進めたのも。――ああ、お前たち双子を利用したことさえあったな」

「……よく、覚えています」

初めて出会ったときのことは、はっきり記憶している。

あの日の海宝は真摯で誠実な印象だった。

枢密院に入ってからはしばらく様子がおかしかったが——根本的なところは何も変わっていない。国を変えるため、強い信念を持ってひたすらに理想を追い続けている。その果てに自らがどうなるかは気にしない。理想以外の全てを捨てることになろうとも、孤独の淵《ふち》に身を置こうとも、仕方ないことだと受け止める。

あまりに一途《いちず》で、懸命だ。この信念に敬意を抱いたからこそ、春蘭は彼と共に歩むことを選んだ。

きっと——こんな人は、彼をおいて他にはいない。

「心配するな。俺が烽山を討ち取れば、英雄気取りで凱旋《がいせん》できる。そうすれば、国内の問題も片付けられるだろう。逆転の発想というやつだ」

海宝の言葉を聞きながら、春蘭は以前の秋明とのやり取りを思い出していた。

この世のもの全てに代用がきくか、という春蘭の質問に秋明はこう答えた。人と人との関係はそうではないと。

『代用がきく関係性でいいか、キミが決めて行動するんだ。代用できるようになりたくないなら、その人を決して失わないように』

その言葉について——ひいては海宝との関係について、ずっと考えていた。

以前孟家《もうけ》に泊まり込みで仕事をし、三日間都を空けた際、宰相府は通常通りに回っていた。星河や侍中たちが円滑に仕事を進めてくれたお蔭で業務は滞らなかった。

ということは、宰相秘書官という立場は代わりがきくのだろう。春蘭と同じくらいの手腕の者がその座に就けば、今までと同じように業務は進んでいく。

だが、人間関係はどうか。

これについて考えるとき、春蘭は梅香《ばいこう》の言葉を思い出した。

離れれば海宝を支えることができないという春蘭の言葉に、彼女はこう言った。

『あんたがそこまでする必要もないんじゃないか。大抵の奴は自分で勝手に生きてるわけだし。あんたが諦めるなら、それはそれでいいと思うよ』

諦めるということは、代用のきく関係性を許容するということだ。人間関係にこだわらず、誰かが自分のもとを離れたとしても構わないと思うことだ。

つまり、海宝との関係を誰かと代用してもいいか、ということ。

その答えが出た。答えは、否だ。

「——いいえ。英雄には私がなります」

海宝の瞳をまっすぐに見据え、春蘭は言った。

少なくとも春蘭にとっては唯一無二だ。代わりのきかない人だ。

だから共に痛みを分かち合いたいと思う。二度と孤独になってほしくないと思う。いつでも支えていたいと思う。そのために今、自分にできることがある。

「英雄には私がなります。閣下が烽山を倒すのなら、私は白水を打ち倒す英雄に」

きっぱり言った春蘭に、海宝が目を見開いた。

「ですから、国内のことは気にしないでください。あなたは烽山に集中してください。私に、背中を預けてください」

これまでずっとこうしてきた。

互いに背中を預け、どんな難関も突破してきた。なら今回も同じだ。

「……これは、頼もしいな」

苦笑しながら海宝は言った。

「どんな猛将より頼もしい」

「当然です。英雄になる人間ですから」

「くく、そうか」

海宝が笑う。久しぶりに見る笑顔に心から安堵《あんど》した。いつも通りのやり取りに、春蘭も笑みを浮かべた。ずっとこういう会話がしたかった。

これからもそうしたい。そのためには、もう一つやるべきことがある気がする。

「……ん、どうした。他に、気になることがあるのか」

春蘭の様子に気付き、海宝が言った。

少しの躊躇《ためら》いののち、春蘭は頷いた。再び彼の瞳を見たとき、決心がついた。

◉

そうして二人が話している一方――。

「俺をご指名ってのは、どういう了見だ？」

宰相府へ呼び出された王紫峰は鋭く尋ねた。

来賓室にいるのは紫峰と、凌星河と劉以賢。宰相の海宝も、秘書官の春雷もいない。そして普段、副宰相たちが紫峰だけを呼び出すことはない。

つまり何かしらの事情がある。でなければこんな状況にはならない。

「まあ、そう構えないでください」

「そう言われてもな。あんたらと俺は、気軽にお喋《しゃべ》りする仲ってわけじゃない」

「それはそうなんですけど……う〜ん、どうしましょう以賢君」

星河はこちらを睨《にら》んだまま黙っている以賢に言った。

この男に関しては、一対一で会話をしたことすらない。何を考えているかもよくわからないし、海宝や春雷のことも信用していないように見える。

多分、向こうも自分のことをよく知らないだろう。興味もなさそうだ。

「別に。そのまま言ったらいいだろ。どうもこうもない」

まさに興味なさそうに以賢が言った。

「まあ、そうですね」

頷きつつも、星河は複雑そうな表情を浮かべた。凌星河という男は普段歯に衣着せぬ印象だが、今日は歯切れが悪い。なぜだか躊躇っているように見える。

「俺も暇じゃないんだ。はっきりしてくれ」

「では聞きます。あなたは刑部の官僚ですか？　それとも青春雷の友人ですか？」

「は？」

意味のわからない質問に紫峰は顔をしかめた。

「何言ってる。そんなのどっちもに決まってるだろ」

刑部の官僚であることと、青春雷の友人であることは関係のないことであり、同時に両立することだ。

「んー、まあ普通そう答えますよね。では聞き方を変えましょう。もし、刑部の官僚であることと、青春雷の友人であること、その二つが両立しない場合、あなたはどちらを取りますか？」

紫峰はさっきのように「は？」と言おうとした。

いが、少し考え、開きかけた口を閉じた。実はここのところ、妙な噂《うわさ》が耳に入ってきているのだ。青春雷と青春蘭という、よく知っているはずの双子について。

「……お前も、何か聞いたな」

「聞いたというか、これが送られてきましたから」

星河が机上に何かを置いた。筒状の書状だった。コロコロと転がり、やがて紫峰の手元へやってくる。星河に視線で促され、紫峰はその封を解いた。そして内容を確認する。

読み終えてから、しばらく紫峰は沈黙した。

「僕にも以賢君にも届きました。上位の官僚に送られているようですから、あなたのところにも届いたでしょう。そしてこれによれば、書かれている内容は真実である可能性が高そうです。裏付けとして、金万祥《きんばんしょう》の名も書かれていますから」

なんとかして紫峰は言い返したかった。だができなかった。なぜなら紫峰も思うところがあったからだ。金万祥と双子のことについて。

以前、前任の副宰相だった金万祥が、春雷を攫《さら》って海宝を陥れようとした事件があった。海宝が政務だけでなく、個人的にも春雷に重きを置いていることを知り、心情的に攻撃するため春雷を辱めたらしいのだ。

結果的に万祥は失脚したが、彼ならたまたま何かを知ったとしてもおかしくはない。青春雷という人間が抱えている、重要なことについて。しかもその重要なことを、紫峰も前から疑っていた。もしかしたら、本当にもしかしたらと……。

「……あんたらが今日、俺だけを呼んだのはこれが理由か」

「ええ」

「何のためだ。何か企《たくら》んでるのか」

「いいえ。まずは当人と宰相閣下に問おうと思います。そして、彼らの話を聞いた上で判断しようと思っています。このまま宰相陣営にいるべきか否か」

「じゃあ寝返る可能性もあるってわけか」

「寝返る？　逆です。だって騙《だま》されていたのは僕たちかもしれないでしょう？」

言い返そうとしたが、できなかった。真実はどうあれ彼らは——春雷は話さなかった。

こちらから聞いたことがあるにもかかわらず。

理由がわからない以上、彼らを庇《かば》うことはできない。むしろ紫峰自身もどこに身を置くか迷っていた。本当は、友を疑うことなど避けたいが。

「どうしますか。無理に同席する必要はありませんよ。あなたに委ねます」

「……とりあえず、同席して話は聞く」

海宝との関係を確かなものにする。そのために、言わなければならない。

真実について。春蘭が抱え続けてきた秘密について。

「ひとつ、言っておくべきことがあります。聞いていただけますか」

海宝の相槌《あいづち》が途切れた。沈香《じんこう》の香りだけが二人の間を流れていく。

「……私は」

沈黙ののちに口を開くと、ほんの小さな声が出た。

「あの、私は」

だが、まだ小さい。

躊躇いと覚悟が同じくらいに高まったとき、春蘭は覚悟の方をとった。

「あなたに言わなければならないことが、あって」

海宝は視線で頷《うなず》いた。穏やかなその様子に安心する。

やはり今だ。今しかない。今ならきっと自然に口にできる。

「本当の私は……」

すうと息を吸い込み……。

「本当の、私の名は――」

そこまで言った、そのときだった。

突然、宰相執務室の扉がバタンと大きな音を立てて開いた。

春蘭と海宝はびくりとし、音のした方を振り返った。

そこには三人の人物が立っていた。真ん中に星河、その両側に紫峰と以賢。

が——なぜだろう、よく知っている人たちのはずなのに、初めて見たような違和感があった。三人の顔は、真冬の氷のように真っ白だ。

「……何だ」

最初に言葉を発したのは海宝だった。

彼はすっと立ち上がり、三人に向き合った。

それに続くようにして、春蘭もゆっくり立ち上がる。

しかし目線の高さが三人と同じくらいになったとき、背筋にぞくりと震えが走った。

三人ともじっと、春蘭の方を見ているのだ。冷たい視線で。

まるで全てを見られているような感覚になり、春蘭はじり、と後ずさった。

「何事だ。三人揃《そろ》って現れたからには、それなりの用があるのだろう」

慎重に海宝は尋ねた。彼も異変を感じ取っているのだろう。あまり急ぐと、ぴんと張りつめた糸が千切れてしまうのではないかと。

だが現れた三人もまた、すぐには動かなかった。星河はすっと目を細めてこちらを見つめ、以賢は胡乱《うろん》そうにじっと観察している。そして紫峰はというと、躊躇うように眉を寄せていた。三者三様の緊張が伝わり、こちらの不安も強まる。

「どちらかというと、あなたではありません。宰相閣下」

やがて星河が沈黙を破った。あなたではありません——その言葉の直後、海宝が無意識に一歩前に出た。

そして春蘭はというと、様々なことを考えていた。彼らが春蘭に言いたいこと。こんなに緊張してまで言おうとしていること。何かを見透かすようにじっと見ていること。それが今、春蘭の行動と連動しているかのように起こったこと。

無意識に生まれた危機感に備えるように、春蘭はぐっと拳を握った。

「宰相秘書官。率直に問います」

一瞬しんと静まり、それからわずかに空気が揺らいだ。

「あなたの名は、『青春雷』ではなく、『青春蘭』。そうですよね？」

——そんな気がしていた。

けれど……ああ、なんて間が悪いんだろう。

今ならまだ保てていると思ったのに。

まっすぐ線を引けていると思ったのに。

自分の心に正直に生きていると思ったのに。

春蘭は後ろを振り返った。室内灯に揺れる自分の影は、まっすぐではなかった。ぐにゃりと曲がり、捻《ね》じれていた。その事実に、向き合う時が来た。

同じ頃、宮廷内もこの話で持ち切りになっていた。

主要な大臣、高級官僚たちにもまた、あの書状が送られていたからだ。書状にはいずれもこう書かれており、董白水の璽が押印されていた。

【青春蘭と青春雷は入れ替わり、天《てん》海宝の手先として働いています。我々はこの事実を梦丹霞様及び御子殺害未遂の罪に加え、皇后陛下及び羅玄瑞と連名で裁定に臨むつもりです。我らに賛同する方々には、是非ともお早いご決断を願います。なお、入れ替わりの裏付けとしてはこの名を添えておきます。『金万祥』】

☯

その夜、春蘭は奇妙な夢を見た。

「おめでとう、春蘭。皇帝陛下がキミを三夫人の一人にすると決めた」

意味のわからない言葉に、目をしばたたかせる。

気付けば、目の前で秋明がぱちぱちと手を叩《たた》いていた。

「これからは正二品《ほん》の位が与えられる。皇后陛下の正一品に迫る大出世だよ。よかったねえ」

秋明の言葉も意味がわからないが、周囲の景色もおかしい。

あちらこちらに明かりが灯《とも》り、夜なのに眩《まぶ》しく輝いている。

ここはどこなのか、考えて思い出した。皇帝の伽《とぎ》に呼ばれ、春雷と入れ替わったときに見た景色。内廷の最奥、三千人の女性が暮らすと言われる榮国の後宮だ。

しかしなぜ、と考えていたとき、身体《からだ》が重いような気がして自分の姿を見下ろした。

大輪の花々がちりばめられた鮮やかな襦裙《じゅくん》。見たこともない金色の飾りが顔の周りできらきらと揺れており、髪も結い上げられているのかいつもより重い。

なんなんだ、これは。深窓の姫君でもあるまいに。

「これは何？」

「だからキミが夫人に大出世するんだって。正二品なんて、外朝なら宰相と同じくらいの官品だ。嬉《うれ》しいだろう？」

まるで当たり前のように秋明は言った。依然としてどういう状況かはわからないが、それでも一つ確かなことがある。自分の気持ちだ。

「――嬉しくない」

「ん？」

「宰相と同じ官品なら、宰相になった方がずっといい。こんな閉ざされた世界で権力なんか持ったってどうにもならないよ。何の意味もない」

先頭を切って国政に携われるわけでもなければ、弁論を振るう機会もない。こんな世界で着飾って偉そうに振る舞ったところで、どうなるというのだろう。

「んー……」

秋明はしばらく口を閉ざしていた。やがて何かを思ったのか、彼は笑みを消した。道化のような薄い笑みが剝がれると、白い顔には倦《う》んだような空虚さだけが残る。

「どうにもならない、ってことはないんじゃないかなあ。だってさっきも言った通り、官品は皇后に次ぐ正二品。莉珠様の母上である梦丹霞様と同じなんだから」

それはさっき聞いた、という気持ちを露《あら》わに春蘭は首を横に振った。

「面白くないみたいな反応だね」

「全く面白くないことを聞かされているからね」

「そうかな？　ある意味、この世で一番面白いと思うけど」

「どういう意味？」

「皇帝の世継ぎを産めば、キミは皇后をも超えて国一番の権力を持つってこと」

話している内容とは裏腹に秋明の顔は白けていて、まるで面白くなさそうだ。春蘭もまた、秋明の話していることにちっとも興味をそそられなかった。

皇帝の世継ぎを産む？　……馬鹿馬鹿しい。そんなことになれば、いよいよ本当に籠の鳥だ。重苦しい警護に囲まれ、一生外には出られなくなるだろう。

「皇后に意見されたって、キミなら言い返せるだろう。つまり、世継ぎにどんな教育を施そうとキミの思うがまま。キミの好きなことを教えて、キミが裏で操ればいい。そうすれば、宰相以上に国を変えられるかもしれない」

「有り得ないよ、そんなこと」

春蘭は即答した。権力がどうこうとか、そんなことを考える前に春蘭の心が強く拒絶している。そんな未来など、少しも望んでいない。

「私は皇帝の夫人になる気も、跡継ぎの母親になる気もない。そんなものになるくらいなら、名を変えてもう一度科挙を受けるよ。そしてどこかの地方官僚にでもなってやる。その方がよっぽど効率的で、自由だ」

「アッハハハ！　残念だけど、キミの思っていることの方が有り得ないよ。知ってるだろう？　この国で女は宰相どころか官僚にもなれないって。それなのに官僚になるだなんて。そんなの不可能だ」

その言葉は紛れもない事実なのだろう。

今まで春蘭のことを『青き雷《いかずち》』と恐れていた者たちも、彼女の秘密を知ればきっと嘲り笑うはずだ。だが、それでも手を伸ばしたい。

「不可能かどうかは、やってみなければわからないよ」

「その結果に周りの者たちを傷つけ、裏切っても、かい？」

「……」

「キミが外の生活をするには、春雷との協力が必要だ。これからもずっと」

それは絶えず考えていたことだった。春雷とは最初は互いに同意の上だった。だが、これからも春雷が後宮の中で生きることを望むかはわからない。望んだとして彼の秘密が暴かれたら無事ではいられないし、檻《おり》の中にいる限り、逃げることさえできない。

「キミの自由っていうものは、常に何かを犠牲にして存在している。春雷だけじゃない。海宝の未来だって途絶えさせているんじゃないかい？」

その名を聞き、一瞬ぐらつきそうになった。

彼の気持ちを無下にしていることは、よく知っている。

「帰っておいで、春蘭。捻じれて、壊れてしまう前に」

外での生活を続けて、壊れるのを待つか。中に戻って、盤石な檻に閉じこもるか。

「大丈夫。……酔いしれるなら、オレも付き合おう」

選択肢は二つに一つ。そのどちらかを選ぶ、としたら……。

秋明の手を見る。この手を取ればもう外には出られない。海宝にも会えなくなる。

手を伸ばすべきかと考えて、ふと気が付いた。

本当に『二つに一つ』なのだろうか？

はっとした春蘭は、一歩後ろへ下がった。その瞬間、ふらりとよろめいた。

落ちる――と思った瞬間、春蘭は目を覚ました。妙に体じゅうが火照り、冷や汗で濡《ぬ》れていた。荒く息をしながら辺りを見ると、後宮ではないことがわかった。

よかった……いつもの屋敷《やしき》の寝台だ。

安堵《あんど》し、大きく息を吐く。さっきの光景は夢だったようだが、妙に現実味があった。きっとあり得たかもしれない光景で、これからもあり得るかもしれない光景。

春蘭はしばらく呼吸を繰り返した。そのままゆっくり立ち上がり、外の空気を吸おうと木窓を開けた。空の向こうに朝日が出ているが、まだまだ空気は冷たい。

うっすら明るい空を見ているうち、少しずつ心の整理ができてきた。

後宮で暮らすなどあり得ない。春雷の未来を犠牲にすることもあり得ない。どんなことがあっても絶対に、だ。だから、今やるべきことがある。

まさか悪夢のお蔭《かげ》でわかるなんて、と春蘭は苦笑した。

だがここまではっきり見せつけられると嫌でも奮起させられる。危うい状況に立たされているのは事実だろうが、今ならまだ変えられるはずなのだから。

「……春雷。私たちは闘わなきゃいけない。未来のため、自分のため、大切な人のために」

暗い通路を歩き、李子君《りしくん》は一つ一つ房の中を覗《のぞ》いていた。

——違う、ここではない。ここでもない。

暗闇の中をひたひたと歩き続け、ある房の前で足を止めた。

房の中には俯《うつむ》き、じっと動かない人影があった。真白に染まった髪は、生まれつきの色素の薄さのせいなのか、宦官《かんがん》という特殊な身体になったせいなのか、それともこれまで背負った罪のせいなのか。

しばらく子君はその姿を見つめた。向こうから何か言うだろうかとも思ったが、しばらく待っても何の反応もないので、子君は遠くから「おい」と声を掛けた。

「顔を上げろ」

すると房の中の人物、楊秋明は顔を上げた。見上げた顔は……笑っていた。

「やあ」

「薄気味悪い」

正直に言うと、秋明はくく、とまた笑った。

「来ると思ってたよ。お前なら」

したり顔が憎らしい。昔からそうだった。一つ年上というだけで上に立とうとする。

「で、何？　あの子たちのことについて、オレに感謝でもしたい？　それとも助けを求めたくなった？」

昔なら悪態をつきたいところだが、今回ばかりは違った。子君には手札がある。どんな悪手より有効で、使うのを躊躇《ためら》うほどの一手が。

「どちらでもない。交換条件だ」

「へえ、交換条件ねえ。何をくれるつもり？」

「書状の続きを、私の口から聞かせよう」

秋明は途端に笑みを消し、無表情でこちらを見た。

第五章　開花閃光

『キミには覚悟がある？　――人殺しの罪を背負う、覚悟』

あの日、秋明《しゅうめい》はそう言った。結果的に春雷《しゅんらい》はそれを受け入れた。だから今こうしてここにいる。暗く、風一つ吹かない独房の中に。

だがなぜ春雷がこの方法を選んだのか。理由は、あの日の秋明との会話にあった。

「人殺しの、覚悟……？」

声を震わせながら、春雷は繰り返した。

告げられたことが衝撃的すぎて、頭がついていかない。

「ああ、ごめんごめん。ちょっと語弊があったかな。正確には、『一時的に殺害未遂の罪を被《かぶ》る覚悟』だ」

もっともらしく言い換えられても、やはり意味がわからなかった。

「もっときちんと説明を聞かせてほしい。それだけじゃ、よくわからない……」

「そうだよね。ちょっと複雑な話になるんだけど――」

秋明はその時の状況について、説明を始めた。

まず、董白水《とうはくすい》と羅玄瑞《らげんずい》が手を組んだこと。同盟の力によって、皇后が梦丹霞《ぼうたんか》と御子を殺害する算段をつけていること。その罪を宰相陣営の誰かになすりつけようとしていること。我々は殺害を防ぎ、皇后の罪を暴かねばならないこと。そのためには、春雷が一時的に殺害未遂の罪を被らなければならないこと。

順番に説明され、少しずつ春雷は事情を理解した。しかし、どうしてもわからない点がある。なぜ一時的に罪を被る必要があるのか、という点だ。

「なら、もっと別な方法があるんじゃないかな……？」

頭の中を整理するように、春雷はゆっくり言葉を紡ぐ。

「たとえば事が起こる前に丹霞様を逃がすとか。その方が誰も傷付かないはずだよ」

しかし秋明は首を横に振り、強い口調で言った。

「オレはさ、殺害だけは絶対に防ぐつもりだ。でもそれ以上は難しいと思ってる。なにしろあの警備だ。もたもたしてたら本当に殺害を止められなくなる」

確かに皇后による警備は厳重で穴がない。あの中に入り込めるとしたら多くて二、三人くらいだろう。殺害を防ぐことはできるかもしれないが、丹霞を助け出すのは至難の業だ。不手際があれば死に直結する。

「あとは、もう一つ大きな問題があってね」

「何？」

「オレたちのうち誰かが罪を被らなければ、皇后の罪を証明できなくなる」

話の急な転換に、春雷は首を捻《ひね》った。

「考えてごらん。皇后なら宮廷内のことは何でももみ消せるし、でっち上げられる。そんな状況下でオレたちが全員逃げ、殺害事件が起こったら？　犯人は適当な誰かにされるだろう。そうなればオレたちは関われない。いくら皇后を非難しようと、証拠がないから罪を証明できない状況に陥る」

そう言われて、ようやく理解できた。

皇后がこちらに罪をなすりつけてくれれば、こちらは反論のしようがある。そして反論の結果、皇后の非を証明できるかもしれない。だが犯人が我々の知らない第三者になれば、こちらは行動しようがない。反論したくてもその術がなくなってしまう。

「なんとなくわかった気がする。だから、つまり――」

「キミに一時的に罪を被ってほしい。丹霞様殺害未遂の罪を。そうすれば犯人はキミで決定するし、丹霞様も命を失わずに済む」

「それはわかった……で、なんで僕？」

秋明はいつもの薄い笑みに戻った。

「オレの独断と偏見。莉珠《りじゅ》様を危険に晒《さら》すわけにはいかないし、杏子《きょうし》だと心配。そしてオレじゃ皇后に警戒される。つまりキミが安牌《あんパイ》ってわけ」

春雷は苦笑した。秋明の言うことは的を射ている。多分これが最善だ。

「不安？」

「当たり前だよ……」

「まあでも、これはキミにとっては機会でもある。春蘭《しゅんらん》と改めて話す、ね」

「機会……って？」

「実はちょっとまずいことを聞いたんだ。白水が金万祥《きんばんしょう》と接触して、何かしらの情報を買ったって。しかもその情報が噂《うわさ》となって、貴族たちの間で行き交ってる」

金万祥、という名前に眉をひそめた。

会ったことはないが、その名はよく覚えている。以前、元宵節《げんしょうせつ》で春蘭を攫《さら》った最悪の元副宰相。確か、あのとき春蘭は海宝《かいほう》との仲を疑われて、閉じ込められた。

そういえば、その後はどうなったんだっけ？　閉じ込められた際に暴漢に襲われ、それを海宝が助けた、とか……。

考えているうち、まさか、という想像にたどり着く。

あの後、金万祥は海宝によって即座に捕縛されたという。屋敷に帰されてからもしばらく見張り付きで謹慎していたというから、誰も彼と接触はできなかった。だから特段、情報が洩《も》れるようなことはなかった。

けれどももし万祥が春蘭について何か知っていたら？　謹慎を終えて宮廷に戻ってきた万祥に、もし白水がそのことを尋ねたら？

一気に血の気が引く。考えたくないことが起きた……という可能性は十分にある。

「キミたちも、そろそろ腹を括《くく》るときが来たのかもね」


そんなやり取りをしたまさにその夜、秋明の言った通り事は起きた。

まず梦丹霞の使いを名乗る宦官が莉珠のもとへ現れた。子が生まれようとしている今、丹霞から莉珠に話したいことがあると。だがこの宦官は実際には丹霞の使者ではなく、皇后の手先だった。

最初に気付いたのは莉珠で、『他人に気を遣いすぎる母上が、こんな時間に使いをよこすなんておかしい』と言ったのだ。

そこで春雷は自分一人が行き、様子を見てくると莉珠に告げた。莉珠は止めたが、本当に丹霞の使いなら無視するわけにはいかないと春雷は説得したのだ。

春雷は皇后の手先に案内され、丹霞の居室へ通された。

そこで事が起きた。いや、すでに起きていた。

春雷が現れたとき、丹霞の目の前で二人の覆面の男が刃を交えていた。片や皇后の手配した者。片や秋明の手配した警護人。丹霞を殺害しようとする者と、防ごうとする者が拮《きっ》抗《こう》していた。

春雷は驚いたが、それ以上に丹霞が愕然《がくぜん》としていた。

やがて異状を知らせる鐘が後宮じゅうに鳴り響いた。直後、ドタドタと駆け込んでくる足音が聞こえたかと思うと、春雷はただちに捕縛され、そのまま連行された。

そうして、ここに入れられたというわけだ。

窓のない房の中で、春雷は小さな主に想《おも》いを馳《は》せた。きっと心配をかけてしまったことだろう。

それから片割れである春蘭の顔が浮かんだ。自分が犯人にされたということは、春蘭も疑われているはずだ。どうか皇后側の罪の証拠を揃《そろ》え、全てを明らかにしてほしい。

それに多分、秋明の言う通りなら……。

春雷はぎゅっと拳を握った。――腹を括るときが来た。

春蘭との約束が永遠でないかもしれないことは、心のどこかでわかっていた。だが、もう少し時間があると思っていた。

誤算があるとすれば、目立ちすぎたことだ。春蘭は宰相を支える秘書官に、春雷は公主を支える侍女になった。その時点で隠せるはずがなかったのだ。

静かに目を瞑《つぶ》る。考えすぎたせいか、春雷は眠りに落ちていった。

『宰相秘書官。率直に問います』

『あなたの名は、『青春雷』ではなく、『青春蘭』。そうですよね？』

時は少し前にさかのぼる。宰相執務室で、春蘭は星河《せいが》の問いにしばらく沈黙していた。

「ふむ、返す言葉がない。そう捉えていいですか？」

「ちょっと待てよ！　こいつはまだ何も——」

紫峰《しほう》が慌てて守りに入り、海宝も庇《かば》うように手を広げた。

そんな中、春蘭は沈黙していた。今このとき、この場で、まさに海宝に明かそうとしていたのに。まさかこんな事態になるなんて。

皆の視線がこちらに集中する中、どうすべきかと考える。

今問われているのは、肯定か否定だ。そして恐らく肯定するのは危険だ。今後どうしていくか、何の計画もないまま真実を明かすわけにはいかない。

とはいえ、否定したところで意味があるのかとも考えた。星河によればこれは白水からの書状によるもので、彼ら以外にも中心的な官僚には送られているという。ならば春蘭が否定したところで疑惑は払拭されない。

だが春蘭一人の問題ではないのも事実だ。春雷にも、海宝にも、春雷の大切な人である莉珠にも関わってくるだろう。

彼らにはきちんと仁を通したい。謝罪をした上で、きちんと事実を告げたい。それに事実はともかく、真実はまだ確定していないのだ。

ここにいるのは春蘭だが、元通りにすることもできる。春雷がここに来れば、宰相秘書官は名の通り『青春雷』本人となる。ここで取る行動が一つであるとは限らない。

「今ここでは、答えられません」

考えた末、春蘭はそう言った。星河がより胡乱《うろん》そうな顔になる。

「その決断に意味はあるのでしょうか。すでに多くの者たちが知ったというのに」

「構いません。ただ、三日ください」

まだ方針は固まっていないが、少なくともそれくらいの時間は必要だ。

「先ほども言った通り、このことはすでに周知されているんですよ。つまり我々は身の振り方を考えねばならないのです。それこそ、今すぐにでも」

「では、その間に離れていただいても構いません。どちらにせよ、三日ののちには必ず詳細をお話しすると誓いましょう。……閣下がご承認くだされば、ですが」

海宝を見上げ、春蘭は深く頭を下げた。

酷なことを言ってしまって本当に申し訳ないと思う。けれど噂になっているだけの状態と、本人が認めた状態とでは全く意味が違ってくる。何の準備もできていない今、ここで決定することは海宝にとっても損失になる可能性が高い。

春蘭の意図を理解し、海宝は頷《うなず》いてくれた。

「承認しよう。陣営に留まるか否かは、各自の判断に任せる」

「……わかりました。ところで、なぜ三日？」

「仁を通さねばならない人がいるからです。肯定するにしろ、否定するにしろ、誰かを巻き込んでしまうことになる。その方たちに仁を通すための三日です」

そうですか、と興味なさそうに星河は言った。

「それと、もしもの話ですが、宮廷中を騙《だま》し続けていたとしても我々はすぐ傍《そば》で仕事をしていたんです。再び入れ替わったところで、別人かどうかはすぐにわかりますから」

「……ええ」

——そう、あのときは三日と言った。

だが今の春蘭にそんな日数は必要ない。今だ。今すぐだ。

いつもより早く起床した春蘭は、無性に動きたくなって外に出た。屋敷《やしき》の塀の向こうにはわずかに朝日が昇っている。約束した三日のうち、すでに半日が経過した。

春蘭はふうと息を吐いた。呼吸を繰り返していると、石床を歩いてくる音が聞こえてきた。夜明けの光を背に受けて、夜着に羽織《はおり》を纏《まと》った海宝の姿が見えた。

「おはよう」

冷えた静寂を溶かすように海宝が優しい声で言った。

彼はあれから春蘭に何も聞かなかった。『仁を通さねばならない人がいる』――その言葉でわかってくれたのかもしれない。だからこそ、春蘭はすぐに行動したくなった。

仁を通すべき人。それはこの人だ。何も言わずとも理解してくれて、慮《おもんぱか》ってくれる人。そして自分もまた支えたいと思う人。

彼との関係は代用がきかない。自分以外が彼を支えることは考えられない。この関係は唯一無二のものであり、決して失いたくない。

「おはようございます」

「機嫌が良さそうだな」

「ええ、久々に」

春蘭が微笑《ほほえ》むと、海宝もまた朝日と同じくらいの優しさで微笑んだ。

その日は朝議を終えると、春蘭はすぐに自分の執務室へ戻った。

今最もすべきは春雷と会うこと。そして今後について認識を共有すること。

そして多分、会う方法はいくつかあるだろう。

確実なのは紫峰の協力を得ることだ。紫峰は監視が厳しいと言っていたが、それでも刑《けい》部《ぶ》の官僚。しかも榮国《えいこく》五族という地位にある。部下たちをうまく使えば、できないということはないだろう。

もちろん今は、紫峰にも顔を合わせづらいと思っている。彼はかなり前から疑いを抱いている様子だったし、春蘭はそれに答えることができなかったから。

けれどもう腹は括った。協力してもらう以上、彼には真実を話す。そうすればきっと向こうも協力してくれる……と思う。

春蘭は心を決め、刑部に向かうことにした。

しかし訪れた刑部は思った以上の緊張感だった。

春蘭の顔を見るなり衛兵が槍《やり》を構え直し、通りすがる官僚たちもまた胡乱な視線でこちらを見た。入ろうものなら一体どうなることかわからない。紫峰を呼べばさらにまずい事態になるだろう。

紫峰の屋敷へ出向き、彼が帰ってくるまで待つしかないか……。

だがこの警備では、紫峰でも易々《やすやす》と春雷の居所が分かるとは限らない。その間に約束の三日が経っては意味がない。別の策も進めなければ。

宰相府は……駄目だ。星河と以賢《いけん》は完全に春蘭に疑いを抱いている。海宝はすでに宰相の権限を星河に託して枢密院《すうみついん》へ向かった。今は戦術を考えたり、兵に指示を出したりしているだろう。いつも頼りになる秋明も、依然消息が知れないままだ。

つまり、使えるのは自分の身一つということか。

不利な状況に春蘭は笑いを漏らした。なんだか都に来たばかりの頃みたいだ。あの時周りはみんな敵で、自分しか味方がいなかった。裏を返せば、あの頃を思い出せばなんてことはないということだ。

春蘭は都の東側に目を向けた。その先にあるのは枢密院。

――よし。まずは海宝に用事があるふりをして枢密院へ行き、衛兵の配置表を取り替えて警備に穴を作ろう。そこから刑部に忍び込めばいい。春蘭は行動に移すことにした。


結果として、配置表を取り替えるのは簡単だった。

海宝に用があると言えば武官たちは通してくれたし、そもそも多くの者は顔見知りだ。みな春蘭を歓迎し、警戒もせず敷地《しきち》内を歩かせてくれた。兵の配置表も枢密院時代に散々書いたものだから、誰も偽物とは気づかなかった。

その後、すぐに春蘭は下級官僚の頃の浅青《せんせい》の袍衫《ほうさん》に着替えた。念のため烏帽子《えぼし》をぐっと目深に被《かぶ》り、髪の形と袍衫の着方を変えると、普段よりもだいぶ地味な印象になった。

配置換えをした場所から刑部に潜りこむと、光景はさっきと違うものになった。

地味な下級官僚には誰も目もくれず、気にも留めない。安堵《あんど》しながら、事前に用意した巻物をいくつか持って、さも雑務をしているかのように刑部を歩き回った。

しばらくは何の手がかりも得られず、時間だけが過ぎていった。

時間を無駄にしたくないという思いから、少しずつ焦りは募った。

しかし忍耐強く歩き続けていたとき、やがてこんな声が聞こえてきた。

「――結局どっちなんだろうな、今捕まってる罪人は」

足音に交じって聞こえた声に、春蘭ははっとした。

巻物越しにこっそりと声の方を覗《のぞ》き見ると、二人の中級官僚が話しているのが見えた。

仕事の話というよりは、世間話のような雰囲気だ。

「さあ、上の奴らは知ってるんだろうが」

「なあお前さ、ちょっと見てこいよ。そしたら分かるかもしれないだろ？」

「ば、馬鹿言うな！　七番の牢《ろう》は俺の管轄外だ。大体、二人はそっくりだって言うぜ。ちょっと見たところでわかるかよ」

彼らが話しているのは十中八九、自分たちのことだろう。

そしてさっき七番の牢、と言った。七番の牢の場所は確か城内のはず。だがここからはだいぶ離れている。今日中に辿《たど》り着《つ》こうと思うと、急がなければならない。春蘭は巻物を丸め、早足で刑部の外へ出た。

向かう先はさっき着替えた部屋だ。

着替えたのち、もう一度枢密院へ行って今度は牢の警備を変える必要がある。

ただし牢の警備には刑部の官僚も関わっている。つまり細工をしたら刑部の官僚を通してばれる可能性がある。

何か策を練る必要があるだろう。とはいえ今、立ち止まって考えるわけにはいかない。作戦なら歩いているうちに思いつくと信じ、宮廷の奥へ奥へと向かった。

――そのときだった。

ふと、誰かの足音が聞こえてきた。

一瞬気のせいかと思ったが、音だけでなく気配も感じることに気付く。

どくりと心臓の鼓動が早まった。つけられているのだろうか？

思わず足を止めそうになったが、偶然誰かが通りかかっただけという可能性もある。ならいきなり立ち止まるのは不自然だ。

撒いてしまうか、いっそ追い抜いてくれるのを待つか。

そんなことを思って歩き続けたが、やはり足音は消えなかった。むしろ同じ間隔を保ってついてきている。冷や汗が背中を伝う。

そういえば、さっきの部屋はどこだったっけ……？

宮廷内の構造は枡《ます》の目のようになっていて、方角を見失うと元に戻るのは困難だ。

歩きながら周囲を見渡すがわからない。焦りが募るうち、歩みが速くなった。すると同じように後ろの足音も速くなる。

駄目だ、追いつかれる。焦りに身を任せ、春蘭はとうとう走り出した。

そして角を曲がった、その瞬間。

「――見つけた」

目の前にぬっと白面が現れた。

春蘭は驚き、後ろへ倒れ込んだ。均衡が取れず、そのまま尻餅をつく。

反射的に目を瞑《つぶ》り、絶望的な気持ちで何かが起きるのをじっと待った。

殴りかかられても、切りかかられてもおかしくない。

……そう、思ったのだが。

いつまで経《た》っても何も起きない。おかしいと思って目を開くと、にっこり笑う白面の人物と目が合った。――秋明だった。

「その姿勢、しんどくない？」

なぜこんなところに？　何をしに？　そもそも、今までどこにいた？

疑問が浮かびすぎて黙っていると、秋明がアッハッハと笑った。

「ごめんごめん。怖い思いをさせたみたいだね。別に他意はなかったんだけど」

秋明が白く細い手を差し出してきた。ぼんやりしながらその手を取って立ち上がる。正面から視線が合うと、やっと少しだけ落ち着いた。

「いやあ、頑張ったねえ。まさかここまで逃げるとは。汗だくでしょ。はいどうぞ」

秋明が懐から差し出した手巾《しゅきん》を受け取り、額を拭いた。手巾はすぐにぐしょぐしょにな
った。それから周囲を見回す。こんな場所で話していて大丈夫だろうかと考えていると、
秋明がこう言った。

「見張ってるから大丈夫だよ。安心して」

「そう。なら状況を聞かせてほしいんだけど」

「何から話そうか」

「秋明は今までどこにいたの……？」

「牢にいたよ。昨日まで」

「牢……!?」

予想はしていたが、本当にそうだったのか。

「どういう罪状で？」

「春雷の状況は知ってるよね。あの子もまさに今牢にいる。丹霞様殺害未遂の罪でね。オ
レも一緒だった。つまりあの子に手を貸したってことになってる」

なるほどと春蘭は頷いた。

「でも春雷はまだ牢にいるんだよね。秋明はどうやって外に？　事前に手配をしておいた

とか？」

「いや、手配はできなかった。したかったんだけどやることが多すぎてね。丹霞様を守ったり、莉珠様と杏子を外に逃がしたり」

「じゃあ、その二人は無事なんだね？」

「ああ、大丈夫」

春蘭は安堵のため息をついた。これでひとまず宰相陣営の者たちは皆、無事ということになる。

「それで、秋明は結局……？」

「あるきっかけがあってね。説明するなら、そうだな」

秋明は真剣な表情ですうと目を細めた。

「考えてみてよ。普段のオレならどうしてた？　捕まる前に尻尾巻いて逃げそうじゃない？」

「それは確かに……」

春蘭が覚えている限り、彼は敢《あ》えて捕まったことはあっても、失敗で捕まることはなかった。つまり特別な理由があったということだ。

その理由とは何か、考えているうちあることに気付いた。追いかけられていたとき、秋明はいきなり春蘭の目の前に現れた。直前まで足音は春蘭の後ろから聞こえていたのに、だ。

もしかしたら、別の誰かが後ろから追いかけてきたのではないだろうか。

「……さっき追いかけてきたもう一人は誰？」

春蘭が尋ねると、秋明はにやりと笑った。

「誰だと思う？」

「わからない」

「なら真実を明かそう。――出て来いよ」

秋明は普段とは違う荒っぽい口調で言った。

そして、出てきた人物に春蘭は驚愕《きょうがく》した。黒っぽい袍衫に黒い髪。面を被っているような無表情から受ける、どこか淡泊な印象。その人物は李子君《りしくん》だった。

「すまない。怖がらせたことは本意ではなかった」

春蘭は息を呑《の》んだ。まさか、彼だとは。

ゆっくりと秋明を振り返ると、彼は視線を逸《そ》らしていた。

いや、それもそのはず……だってこの二人には、大きな隔たりがあったはずだ。二十年かけても埋まらないほどの、深い深い隔たりが。

しばらく誰も何も言わなかった。秋明も子君も沈黙しており、春蘭はどう振る舞うべきか考えた。こちらから何か聞くべきか。だが変に探って失敗するのは避けたい。

「ごめんね、巻き込んで」

やがて秋明が言った。続けて子君も申し訳なさそうな声で言う。

「さぞ疑問に思っていることだろう。なぜ私がその男に手を貸すことにしたのか」

「違う。オレが手を貸したんだ。間違えるな」

子君の言葉に対し、間髪を容れずに秋明が言い返したので、また変な空気になった。

「つまり……李殿が秋明にとってのきっかけになったと？」

遠慮しながら春蘭が尋ねると、二人はほぼ同時に頷《うなず》いた。

「その通り。きっかけになった。そうだろ？」

「……ああ」

なぜだろう、関係性がいつもと違う気がする。二人が一緒にいるところを見るのは初めてだが、普段は子君が秋明を恨んでいて、秋明は何とも思っていない様子だった気がする。

それなのに、今は逆転している。

「とにかく簡潔に話そう。小弟《シャオディ》、よく聞いて。まず後宮で起きたことなんだけど……」

彼らは、これまでの経緯を話してくれた。

秋明は梦丹霞殺害未遂を予想しており、春雷は敢えて捕まったとのことだった。

それから、なぜ秋明が捕まったのか、という話になった。

これには董白水陣営が関わっていたと子君が告白した。白水陣営の宦官《かんがん》がとある書状を秋明の自室に置き、それを見た秋明が狼狽《うろた》えている隙に捕らえたのだという。秋明は『青春蘭』による殺害未遂に手を貸したとして牢へ入れられた。

「待って。秋明が書状の内容で狼狽えた？　どうして？」

秋明の人生についてはごく一部しか知らない。家族のために国と主君を裏切ったとか、その代償として宦官になったとか。それらだけでも十分すぎるほど過酷な運命だったはず。そんな秋明が今更狼狽えるようなことがあるのだろうか。

「オレの妹のことだ。楊秋琴《ようしゅうきん》、あの子のことが書かれていた」

淡々と秋明は言った。

楊秋琴——彼女は成秀琴《せいしゅうきん》と名を変え、今は尭《ぎょう》皇帝、風烽山《ふうほうざん》の妃《きさき》となっている。

だが、その事実を秋明は知らないはずではなかったか……？

榮国でもほとんど知る者はなく、春雷も尭に攫《さら》われた際、秀琴その人から聞いたという。

そして兄には言わないでほしいと頼まれたそうだ。

「要するに釣られたんだよ、オレは。だから間抜けにも捕まった」

「じゃあ、書状には……」

「あの子が生きていると書いてあった。成秀琴としてね。その名はもちろん知っていたけど、まさか敵国の妃が死んだはずの妹だなんて思わないだろ？」

真実を知った、というわけか。二十年以上の時をかけて。

書状を見たとき、秋明は一体どんな心境になったのだろう。推し量るだけで胸が痛む。

「悪いと思っている。だが、書状のことを知ったのはこの男が牢《ろう》に入ってからだった」

「では送り主は？」

「董白水だろう。このことを知った私は、書状の続きを聞かせると約束し、この男を牢から出した。……協力を、得るために」

最後の方は珍しく子君が言い淀《よど》んだ。そう、秋明に頼るなど普段の子君からは考えられない。彼は常に秋明のことを、先生に罪を負わせた罪人と言っていたはずなのだから。

もちろん、二人が協力してくれたらどれだけ助かるかわからないが……。

「ねえ、春蘭」

口を開いたのは秋明だった。

「多分もう知っていると思うけど、キミたちに危険が迫ってる。しかも、今までで一番の危機だ」

「……うん」

「キミたちのこともそうだし、何より白水が皇后、玄瑞と連名で裁定に臨むと公表した。オレはそれを放っておけない。だからコイツと協力することにした」

秋明が後ろにいる子君を指さすと、子君は頷いた。

「今更言う必要もないと思うが、私が今ここにいるのは先生のお蔭《かげ》だ。そして貴方《あなた》がた二人は先生の大切なお孫。放っておけるはずがない。そして――」

子君の声が低くなり、眼差《まなざ》しはより鋭くなった。

「この機に私は董白水陣営から脱し、宰相陣営に加わるつもりだ。まだ宰相閣下には話してはいないが」

「え……？」

以前宰相陣営に入る気がないかと聞いたとき、彼は首を横に振った。それが今になって心変わりをしたなんて。

「それはまた、どのような理由で……？」

「董白水の行動に疑問を抱くことはしばしばあった。だが今回の件に関しては我慢ならないと思った」

子君は細い目をさらに細めた。眉間にぐっとしわが入り、表情が鋭くなる。

「董白水は、风烽山と結託した」

最悪の事実に、春蘭は固まった。

以前、海宝がその予想を口にした。そういう事態も有り得るかもしれないと。

だが白水とはいえ榮の貴族。敵国の皇帝と手を組むなどという禁忌を犯す可能性は低いだろうと思っていたし、彼にとっても危険になり得るようなことはするはずがないと思っていた。

「よって私は董白水を見限り、こうして貴女《あなた》のもとへ来た。宰相陣営と共に貴女がた双子を、丹霞様を、公主様をお守りするために」

「……理解しました」

「要するにもろもろ時間の問題ってわけだ。キミたちの秘密が公になるのも、烽山が攻め込んでくるのもね」

「だから助力に来た。春蘭殿、これからは私が手伝おう」

「私が、じゃない。オレたちが、だ」

バーカ、と秋明は子君に悪態をついた。冗談めいたやり取りに少しだけ肩の力が抜ける。

「と、冗談はこれくらいにして、建設的な話をするとしようか。——ずかずかこっちの陣営に入ってくるくらいなら、策でもあるんだろ」

「今話そうとしていた。急《せ》かすくらいなら黙っていてもらえるか」

子君は荒い口調で言ったのち、こほんと咳《せき》ばらいをした。

「策というより提案だ。まずこのことを承認できるかどうか確認させてほしい。実は今、成秀琴と連絡を取っている」

「は……？」

聞き返したのは秋明だった。

「彼女に祖国が滅ぶのを見ているか、協力するか選んでほしいと書状を送った。返事はまだ来ていないが、烽山は彼女を気に入っており、戦にも連れて行くという。彼女がもし協力してくれれば、戦を有利に進められる可能性がある」

「っ、無茶苦茶な……！」

秋明はがしがしと頭を掻《か》き、大きくため息をついた。

「生まれが榮とはいえ、今は敵国の妃嬪《ひひん》なんだろ。……上手《うま》くいくとは思えない」

「だがお前の妹だ」

「それが真実なのかまだわからない。それに本当だったとしても、あっちがオレのことなんか覚えてると思うか？　二十年以上放《ほ》ったらかしにした兄貴になんか協力したいって思わないだろ」

自嘲気味に秋明は言ったが、春蘭には確信していることがあった。以前春雷から聞いたところによると、烽山によって春雷が攫われた際に秀琴はこう言ったそうだ。今でも兄のことを心配しており、だからこそ自分のことを話してほしくないのだと。

かつてのように国と主を裏切ってほしくはないからと。

「秀琴は、覚えていると思う」

言葉を選びながら、春蘭は言った。

「春雷から聞いたんだ。春雷は尭で秀琴に助けてもらったことがあって、こう言われたらしい。兄には自分のことは言わないでほしいって。二度と同じ罪を負ってほしくはないからって」

秋明はむっつりと押し黙っていた。色々な感情が入り混じっているのが見て取れる。長い月日の中でどれだけの葛藤があっただろうかと思うと、その思いは計り知れない。

「それに秀琴は、春雷にすごく良くしてくれたみたい。だから春雷が彼女に手紙を書けば少しは何かが変わるかもしれない。本当にごくわずかかもしれないけど」

「……とにかく。春雷に会う必要があるのかもね」

「うん。私も春雷と話したいことがあるから、お願いしたい」

こうして三人は動き出した。春雷の囚《とら》われている牢へと。

春蘭一人では牢へ近づくという難関を突破する術が思いつかなかったが、まだ白水陣営を脱すると公にしていない子君の存在が役に立った。刑部の高官にも白水陣営の者はいるから、その者に「罪人に話がある。人払いを」と言うとすぐに房へ近づくことができた。監視のいなくなった房へ子君に付き従って進むと、やがて——。

「春雷」

宮廷奥にある一室の鍵を開け、扉を開くと見知った姿があった。

公主の侍女という立場だからか、皇帝の伽《とぎ》に呼ばれたことのある宮姫だからか、とにかく秋明と違って地下牢に雑に閉じ込められているわけではなかった。

いつもとほとんど変わらない様子に、春蘭は胸を撫《な》でおろした。

「春蘭……⁉」

突然声を掛けられた春雷は、しばらく呆然《ぼうぜん》としたのち、急いでこちらに駆け寄ってきた。

転びそうな足取りを支えるように、春蘭は弟の肩を摑《つか》んだ。

「本当に春蘭――だよね⁉」

「もちろん」

「よかった、無事で……！」

よほど安堵《あんど》したのか、春雷は春蘭の肩に顔を当てて涙ぐんだ。だがめそめそしている場合ではないと思い出したのか、いつもより早く立ち直り、涙を拭いて顔を上げた。

「それで、春蘭が来たってことは」

春雷は状況を理解するように口を開いたのち、すぐに固まった。視線は春蘭の後ろにいる二人に注がれている。

「秋明と……えっ？」

見慣れない姿に顔が強張《こわば》る。子君と春雷がちゃんと近くで喋《しゃべ》るのは初めてのはずだ。

「これには少し事情があってね」

警戒心で固まる春雷に、大まかに事情を説明した。最初は驚いた様子だったが、かつて元宵節で遠回しに助けてもらったことを思い出したようで、徐々に受け入れてくれた。

「そう、ですか。僕たちを助けるために」

「ああ。恩師の孫であられるお二人をどうか守らせていただきたいと思っている」

最終的に、二人は頭を下げ合っていた。その様子をしばらく見守ったのち、春蘭は仕切り直すようにこう言った。

「そこで方針を立てるために話したいんだ、春雷」

それから改めてここにいる皆の顔を見渡す。

「今後について、いくつか選択肢があると思います。そのうちのどれを選ぶかは、当事者である私たちが決めなくてはいけないでしょう。ですから少しの間、春雷と二人で話をさせてください。お願いします」

子君は黙って頷《うなず》き、秋明は念を押すようにこう言った。

「それは構わない。けど一応言っておく」

「うん」

「今ならまだどうにかなる。着物を取り替えて『元通り』になることも可能だ。どうするかは、キミたちに委ねるよ」

秋明に続き、子君も「そうだな」と言った。

「我々はどのような未来であろうと貴方がたを支える。何があろうと、守り抜くと誓おう。だから安心するといい」

春蘭と春雷は去っていく秋明と子君に、深く頭を下げた。

二人になった瞬間、「それで」と春蘭はすぐに切り出した。

秋明が言っていた通り、時間がない。

星河たちと約束した三日はもう半分くらい過ぎているし、皇后と白水は我々を攻撃する武器をどんどん揃《そろ》えている。とにかく早く決める必要がある。

だが――切り出した後、春蘭は少し悩んだ。

今、二人の目の前には二つの道がある。二つの道は大きく分かれている。

片方を選べば、もう片方の道は完全に失われる。二度と交わることはない。

この決断は大きなものというわけだ。自分たちにとっても、周囲の皆にとっても。

いや、今の自分たちの影響力を考えれば、国すら左右する可能性だってある。それくらい大きな問題だと思うと、簡単には決められなくなってしまう。

春雷も同じことを思っているのか、じっと口を閉ざしている。

今まで二人で一緒にいて、こんなに黙っていることはなかった。初めてと言ってもいいほど重い沈黙に焦りが募る。

やはりここは自分から話を進めなければ。春蘭がそう思ったときだった。

「――僕は、春蘭みたいになれなかったと思う」

ぽつりと春雷が言った。

「外にいたら、耐えられなかったと思う」

本来の立場であれば、ということだろうか。それは自分も同じだ。

「私もそうだよ。後宮にいたら耐えられなかった。今頃自力で脱出してたかも」

「あはは、想像できる」

春雷は笑い、蘭《らん》の花に目を向けた。春蘭の方からは飾られた青々とした蘭の花と春雷の姿が同時に映っていた。二つの姿は等しく、美しくかぐわしい。

そして同時に、自分はとてもああはなれない、と思った。

春雷にはよく似合っているけれど、自分はあの姿を望まない。あんな風にしっかり地に根を張って、穏やかに咲くことはできない。

「蘭の花、僕は好きだよ。綺麗《きれい》だし、いい匂いだから」

「私は好きでも嫌いでもないかな。どちらかというと雷の方が好き」

「本当に？　あんなに怖い音がして、恐ろしい光を落とすのに？」

「だから凄《すご》いんだよ。まさに一撃必殺、全てを消し飛ばすっていう感じ。すっきりして気持ちがいいと思わない？」

昔から春雷という名前が羨ましいと思っていた。

勇ましく、果敢で、自由自在。突然現れては大きな音と光を放ち、周囲を圧倒して去っていく。そんな在り方に憧れた。地に根を張って生きるより、あのように強く自由に生きたいと思った。

だから、その名を借りたのだ。

官僚の『青春雷』には越えるべき壁が多かったが、それが却《かえ》って楽しかった。自分の手で未来を摑み取っていく感覚。それは故郷の江遼《こうりょう》で『青春蘭』として生きているときには一度も覚えたことがなく、心地いい感覚だった。

やがて自分にはこの生き方しかないと思うようになった。官僚として中央の政治に関わり、この手で未来を切り拓《ひら》いていくこと。今やこの生き方にしか生きる意義を見出《みいだ》せないと、はっきり思っている。

つまり、選び取る未来は——。

「春雷、言おう」

始まりは数年前。未来の選択を迫られて、とりかえを選んだ。

あのときと同じような状況。けれど全く違う状況。

ここで選ぶもの。それはもう二人とも決まっている。

「一緒に言おう。いい？」

「うん、わかった」

二人はすうと息を吸い、同時に言った。

「――元通りなんて、ありえない」

少しの沈黙。それから目を合わせ、少しだけ笑った。

やっぱりだ。そうだと思った。

「安心した」

「僕も。同じだってわかってよかった」

こうして安堵の表情を浮かべる春雷の姿は、どんな姫君より綺麗だ。

「私たちは自分らしく生きるために入れ替わった」

「なのに戻るなんてありえない」

「戻ったところで私たちは幸せになれるとは思えないし」

「大切な人の近くにいたいから」

それから、春雷は現実を思い出したようにおずおずと言った。

「あの……一応聞くけど、春蘭のことだから考えはあるんだよね？」

春蘭はすぐに「もちろん」と頷いた。そして机の上にある春雷の手を取り、しっかりと握った。

「大丈夫。私たちは、私たちのまま生きていこう」

春蘭は部屋の扉を開け、秋明と子君を呼んだ。

春雷と二人並び、たった今決意したことを告げると、彼らは「文健《ぶんけん》の血だなあ」「ああ、やはり先生の孫だ」と笑った。

第六章 光風霽月

星河《せいが》、以賢《いけん》との約束の日。

宰相執務室には、あの時と同じ面々が集まり、最後に秋明《しゅうめい》が入ってきた。

その登場に一瞬ざわついたが、彼なら何らかの方法で牢《ろう》から出ることも可能と考えたのだろう。ざわめきはすぐ収まった。静かになった部屋の中、春蘭《しゅんらん》は端的にこう言った。

「お察しの通り、私の名は青《せい》春蘭。春雷《しゅんらい》ではなく、彼の姉です」

しばらくなんともいえない空気が流れた。とうとう疑惑が真実に変わった。だがその事実にどう反応するべきか、悩んでいるのが見て取れる。

それに春蘭のこの態度。あまりに泰然というか、開き直っているのも混乱を招く要因となっていると思う。だがこちらはもう隠すことなどない。臆する必要はないのだ。

「では肯定する、ということでいいわけですね」

やがて星河が言った。春蘭は頷く。

「はい。肯定します」

「あー……じゃあ」

混乱の声を上げたのは紫峰《しほう》だった。

「白水《はくすい》の訴えは本当、なんだな？」

なんともいえない表情からは、他の者たち以上の混乱が伝わってくる。

だが春蘭は変わらぬ様子で、謝罪を述べた。

「そうです。本来は然《しか》るべきときに告げるつもりでしたが、結果的にこのような形になってしまい、申し訳ございませんでした。皆様には大変ご迷惑をお掛けいたしました」

ずっと嘘《うそ》をつき続けていたことは心から申し訳ないと思う。各々には時間の許すときに、きちんと話をするつもりだ。

「まあ……色々事情があったんだろう。弟のことも含めて」

困惑の色を残しながらも、紫峰はそう言ってくれた。春蘭はもう一度だけ頭を下げ、仕切り直すようにこう言った。

「ご批判の言葉は数えきれないでしょう。ですが皆さんご承知の通り、今は時間がありません。そのため、ここからは今後についてのお話をしたいと思っております。具体的には皆様が私たち双子に協力してくださるか、そうでないかです」

せっかく陣営として固まってきた人々を、かき乱すようなことはしたくない。それでも事実と向き合って整理することは必要だ。

「しかし、今後って言ってもな……」

春蘭の言葉に、紫峰の表情がまた曇った。

「もちろん応援したい気持ちはある。お前の性別がどうだろうが、親友ってことに変わりはねえからな。けどお前が認めた以上、ここにはいられねえはずだ。宰相府は女がいる場所じゃねえし……」

「僕もそれを聞きたいですね。その上で身の振り方を考えたいので」

星河の表情は未《いま》だ険しい。

「どうするんです、弟さんと入れ替わるんですか？　正直なところを言わせてもらうと、能力的にあなたの代わりが務まるとは思えませんが」

「ああ……知ってる奴が見りゃ、すぐにお前じゃないとわかる」

「はい、ご意見はもっともです。ですが心配はご無用です」

春蘭はきっぱりと言った。春雷と話したあのときから、自分の中で何かが変わったのがわかった。今までは隠していることを周囲にただ申し訳ないと思っていた。けれど申し訳ないという気持ちだけでは何も変わらない。

なぜなら春雷と入れ替わったのは、自分たちが自分らしく生きるため。そこに邪心はなく、ただただ純粋な思いしかないからだ。だから春蘭は堂々と振る舞い続けた。中央官僚として、この国を良くしたいという誇りを胸に抱いて。

今やこうして事実を知られることとなったが、誇りまで捨てる気はない。信念を失《な》くしては本末転倒だ。

だから今はどうとでも振る舞える。どんな批判にも耐えられる。

つまり——これだ。これなのだ。

結局のところ、春蘭はこういう場面が好きなのだ。自分の行動一つで状況が変わり、展開していく様が。

「紫峰、さっきの言葉を訂正させてほしい」

「さっきの言葉？」

「宰相府は女がいる場所じゃないと言ったよね。でも、それは本当にそうなのかな」

堂々と胸を張った。これが春蘭の本分。彼女の持ち味だ。

確認するように、春蘭は一瞬海宝《かいほう》を見た。彼ならもしかしたら春蘭の意図に気付いているのではないかと思って目を合わせると、盛大に肩をすくめられた。「わかった、好きなようにしてくれ」とでも言うように。

よかった、ならあとは皆に伝えるだけだ。

「それは……どういう意味だ？」

紫峰が困惑を露《あら》わに言った。同じく星河と以賢も、何を馬鹿なことを言っているんだ、と表情で告げている。もっと具体的に話さなければ。

「私は、固定観念に囚《とら》われる必要はないと考えています」

春蘭は演説するように、よく通る声で言った。

「よく考えてみてください。現に私は今こうしてここにいます。もう数年間も都で仕事をしていますし、誰より成果を上げてきたという自信もあります。ですが皆さんの言い分を聞く限り、『女だから』というのがここにいてはいけない理由のようです」

いつもやってきたように自信を持って、この世の全員に言うくらいの勢いで。そうすれば必ず伝わる。聞く者の心に響くはずだ。

「それが私にとっては疑問です。宰相府で働く官僚にとって何より重要なのは仕事ができるか否かのはず。ならば男女の違いなど関係ないのではありませんか？　本来それは非常に些末《さまつ》なことであって、私がここにいてはいけない理由にはならないのでは？」

その場がしんと静まり返り、みな怪訝《けげん》な顔で固まっている。誰も何も言わない。

「端的に申し上げます。私は今後、春雷と入れ替わって生きるつもりはありません。なぜなら我々にとってそれは『元通り』ではないからです。ですので我々ではなく、世界の方を変えます。我々がありのままに生きられるように」

静寂はさらに深まった。堂々としている春蘭に、固まっている紫峰や星河たち。対して、海宝はため息を漏らし、秋明は春蘭の潔さに忍び笑いを漏らしている。

「お前……」

長い長い沈黙を経て、ようやく紫峰が口を開いた。

「……やっぱり変な奴だな」

皆の感想を凝縮してわかりやすく表した言葉に、他の皆も苦笑した。

滅茶苦茶《めちゃくちゃ》なことを言っている自覚はある。春蘭が言ったのは要するに、入れ替わりは認める。けれど元通りになるつもりもない、ということ。常識に当てはめて考えれば、おこがましいと言えるのかもしれない。

けれどどうしても考えられなかった。『元通り』になって後宮へ入ることなんて。

なぜならそれは『元通り』ではないから。自分が世界と矛盾しているのなら、世界の方を変える。

そもそも、世界と矛盾しているのは自分たち双子だけではないはずだ。

かつて海宝は前王朝の血筋であることを理由に亡霊と揶揄《やゆ》され、宮廷から遠ざけられた。だから貴族たちを利用してのし上がり、奸雄《かんゆう》の名を得た。

秋明は幼くして両親を亡くし、生き残った妹が人質に取られたことから、仕方なく国を裏切った。宮刑に処され、普通の人生を失った。

彼らだけではない。紫峰も、梅香《ばいこう》も、良俊《りょうしゅん》も。恐らくはここにいる星河や以賢も。

皆、望んでその環境に生まれてきたわけではなかった。

皆、まっすぐな道を歩んでこられたわけではなかった。

ただ常識という理不尽なしがらみから解放されたくて、逃げて、転がって、その果てに今にたどり着いた。そうしておのおのが歪みを得た。

とどのつまり、この世に生まれ落ちた者、全員がそうなのだ。

皆、生まれに囚われている。抜け出そうと必死になってもがき、果てに歪みを、痛みを抱えながら生きている。

春蘭と春雷は、多少その歪みが大きかっただけだ。

なら全てを正せばいい。皆が解放されれば自由に生きられる人が増えて、世の中は楽になっていく。そういう世界を作りたい。これこそが春蘭の意志だ。

「もちろん全員が同じようにとはいかないでしょう。貴族制を廃したところで、貧富の差がなくなるわけではありませんし、生まれ持った器量や能力が変わるわけではありません」

以前、梅香と良俊を比べたとき、思ったことがある。梅香と良俊では土台が違いすぎた。梅香は多くを持って生まれたが、良俊には何もなかった。とはいえ、それを仕方ないと片付ける世界であってほしくない。少なくとも門は開けておきたい。

「ですから、全員が同じでなくても、せめて機会は平等に設けておきたいのです。身分、男女を問わず、誰もが自由に意思を持って生きられるようにと」

気持ち一つで世界は変わる。自分を認め、他者を認めればそれだけ世界は自由になる。

一人一人の心が変われば変革は起こせるのだ。

春蘭の熱い語りの中、不意に高い笑い声が混じった。

「くっ……ふふふ」

気付くと星河が笑っていた。場違いな笑い声に皆の視線が集中する。彼はしばらく笑いながら手で皆を制していたが、徐々に呼吸を整え、落ち着きを取り戻した。

「いや、ごめんなさい。ふふ、奇妙な話を聞いたもので」

どういう意味だろうか。いいようにも取れるが、悪いようにも取れる。

次に何を言い出すかわからない。春蘭は注意深く見守った。だが星河は笑っているだけで何も答えない。しばらく待っていると、今度は以賢が深いため息をついた。

「……もしかしてさあ」

その顔はいつも以上に暗い。絶望的と言っていいほどの顔色だ。

「お前もそう、じゃないよな?」

星河に向けて以賢は言う。意味ありげな問いかけに、星河はまた笑った。そして春蘭をびしりと指さす。

「だってこの人たち馬鹿ですよ、ふふふ」

「当たり前だろ。誰が聞いてもわかるよ、そんなこと」

——ああ、やはり悪い意味だったのか。

ただ、それが否定に当たるとは限らない。春蘭は改めて二人に問うことにした。

「どうします、お二人は。こちらに付いてくださいますか？」

戦力という意味でも、仲間という意味でも、彼らにはこちらにいてほしい。

「その前に、改めて聞くんですけど」

くすくす笑いながら星河は言う。

「はい、なんでしょう」

「馬鹿なことやろうとしてるって自覚はあるわけですよね、つまり」

「ええ、もちろんです」

言い方は酷《ひど》いが、間違ってはいない。むしろその通りだ。味方になってくれている人たちの方が変なのだ。

――それに、まだ馬鹿なことがある。

告げる頃合いを見計らっていた春蘭は、今だと覚悟を決めた。

「ちなみにもう一つ、馬鹿げたことがあります。お話ししても？」

「ええ、構いませんが」

こちらについては、知っているのはこの場で春蘭と秋明だけ。慎重にやらなければ。

「お待たせしました。どうぞ、お入りください」

隣の部屋で待機しているある人物に向かい、春蘭は言った。

すると扉が開き、一人の男が入ってきた。

その姿に、秋明以外の全員が息を呑《の》み、構えた。武器を持っているものは柄に手を、そうでないものはいつでも逃げられるように。彼らが同時に構えた理由は明白。現れたのは董《とう》白水陣営の中枢にいるはずの人物、李子君《りしくん》だったからだ。

「混乱させて申し訳ありません。ですがどうか、落ち着いて聞いてください」

春蘭は言った。だが誰も警戒を解かない。それどころか春蘭にもやや疑惑の目が向いている。予想はしていたが、実際に体験する緊張感はそれ以上だ。

「まず一つ。現在、李子君殿は敵ではありません」

とはいえ、春蘭がそう言ったところで響かないだろう。子君の言葉も必要だ。春蘭は子君に目配せをし、子君もそれを察して頷《うなず》いた。

「突然の訪問で驚かせたことはすまない。だが困難を乗り越えようとしている今こそ、はっきり伝えなければならないと思った」

子君は海宝の方を向いた。

「天《てん》海宝。今後、私はあなたに仕えよう。そして宰相陣営として働くつもりだ」

海宝の眉間に深くひびが入った。不信感、猜疑《さいぎ》。強い否定の感情が見受けられる。

「にわかには信じられんな。何が目的だ。董白水に情報でも売り渡す気か」

「そんなことをしても私に得はない。人質に取られる家族もいないからな」

暗に言われた秋明は肩を竦《すく》め、「ハイハイ」と笑った。

「ならば何だ。まさか秘書官が目当てだなどと馬鹿なことは言うまいな」

「当たらずといえども遠からずだ」

子君の言葉に、海宝の眉間のしわがさらに深くなった。お願いだから誤解を招く言い方はやめてほしい、と春蘭は心の中で祈った。

「秘書官だけではない。私は恩師の孫である青春蘭、青春雷の二人を守りたいと思っている。董白水が二人の秘密を利用する気ならば、それは許せない。私が先生とそのお孫に抱いている尊敬を踏みにじられることだけは」

海宝は押し黙った。子君がどれだけ恩師を、自分たち双子を大切に思っているかは海宝もよく知っているはずだ。

「そして、理由はもう一つある」

「何だ」

「董白水が禁忌を犯した。風烽山《ふうほうざん》と手を組んだ」

たった一言。だが、それだけで十分な重みがあった。

「私はそれを看過できない。だからここへ来た。理由ならこの二つで十分だろう」

ス——と音がした。海宝が剣を鞘《さや》に納める音だった。眉間のしわはなくなっていないが、恐らく子君への猜疑以上に白水への怒りが勝ったのだろう。

「本当にこちらに付くのなら、白水のことについて、奴の弱点について、悪行の限りについて、洗いざらい吐いてもらうことになる」

「ああ」

「それでも構わぬ、と判断していいのだろうな」

「構わない。全ての情報を共有する」

そのとき春蘭はふと白水の弱点、という言葉が引っ掛かった。あの董白水に弱点があるのだろうか。少なくとも春蘭は感じたことがない。あの人情のひとかけらも持っていないような人間に。

「そして吐けば私は董白水陣営には戻れない。それを理解した上で言っていることも、考慮に入れてもらいたい」

神妙な顔つきで子君を見つめた後、海宝は執務机の向こうの椅子に腰かけた。

信頼ではないが、目的は同じ。ならば使う価値はある。そうは思ってくれているはず。ただ今までの関係上、すんなりと受け入れられないのだと思う。

「閣下。今必要なのは情報です。李殿以上に白水について知っている方はいません」

念押しすると、わかっている、と視線で頷かれた。

「秘書官、話を続けよ」

「……っ、ありがとうございます！」

春蘭は頭を下げたのち、また星河と以賢に向き直った。

「凌《りょう》参政《さんせい》、劉《りゅう》参政。ご覧の通りです。李子君殿も相当に酔狂です。彼を撥《は》ねつけない宰相閣下も、因縁があったはずの秋明も。全員おかしな人たちです。馬鹿なことをしようとしています」

褒め言葉のつもりで言うと、名を挙げた全員、なんともいえない苦笑を浮かべた。

「これって馬鹿げていると思いませんか？　そして、最高に面白いと思いませんか？」

星河の口元がわずかに上がった。

「この面子《メンツ》で董白水や風烽山に向かっていったら、どうなると思いますか？　ものすごいことが起こるとは思いませんか？」

「……く」

再び星河は小さい笑いを漏らし、ずらりと並んだ皆々を見て大きく口を開けて笑った。

「くくっ……ははは！」

以賢の方はというと、どんどん背を丸めていた。

対照的な態度。だがこういう様子には見覚えがある。この二人は正反対の性質を持っていて、星河は陽、以賢は陰。両極に振り切れているからこそわかりやすい。

要するにこの二人も相当の歪みを抱えているわけで——すなわち。

「面白いですよね？」

「くくっ、ええ」

「気に入っていただけたようで何よりです」

「別に、気に入ってはないんですけど……ふふ」

星河は嘲るように面々を見渡し、春蘭だけでなく彼らに向けてこう言った。

「僕、馬鹿な人たちを間近で見るのが大好きなんですよね。愉快な気持ちになるので」

海宝はげんなりした表情を浮かべ、秋明は星河と同じように軽くアハハと笑った。

「白水なんかよりよっぽど面白い。やはりあなたたちの側にいると退屈しません」

「では、馬鹿な計画に手を貸してくれるということでいいですか？」

「いいですよ。僕の人生において、最高の余興になりそうですから」

春蘭が手を差し出すと、星河はしっかりと握った。

「さて、あなたはどうしますか」

春蘭は以賢を見た。彼の顔色は悪くなる一方だ。

「……協力しなかったらどうなる？」

「何もしません。ただ、情報は共有できなくなります」

「はっきり言えよ。要するに何だ」

「あなたは私たちからも、白水陣営からも、何の情報もないまま嵐の中に立つことになります。ご自身で摑《つか》み取《と》らない限り、守る盾はなくなります」

以賢は両手で顔を覆い、大きく息を吐き出した。彼の性質はよく知っている。ものぐさの極みのような人物で、自分で道を切り拓《ひら》くことが最も嫌いだ。

「……もういい」

諦めるように小さく以賢は呟《つぶや》いた。

「考えるのも、反論するのも全部めんどくさい……今更、白水につくのもめんどくさいし。このままダラダラやるのが一番楽だ」

やはり、と春蘭は頷いた。自分と同じくらい厄介じゃないか。結局、常識人ぶっているだけで本来はその枠からはみ出しているのだ。

「ではよろしくお願いしますね。我らが法律家殿」

「……うるさい。しゃあしゃあと」

「あとは、お二方にも改めて確認させてください。どうか、私の考えに賛同してはいただけませんか？」

改めて海宝と紫峰を見た。二人ならわかってくれると信じたい。けれど親愛が深い彼らだからこそ、長い間嘘《うそ》をつき続けたことが心苦しい。どんな答えであっても、受け止める覚悟が必要だ。

「ま、どうせ巻き込まれるとは思ってたよ」

紫峰が言った。その声は呆《あき》れに満ちているが、春蘭を見限った感じはない。

「そうしなきゃ俺も外に放り出されるわけだしな。だろ、海宝の旦那」

紫峰が海宝を見ると、全員の視線が彼に集まった。

そう、春蘭が大立ち回りをしたところで、最終的に決めるのは宰相である海宝だ。彼が頷かない限り事は動かない。

春蘭もまたじっと海宝を見つめた。気持ちは通じている……と思う。

「宰相閣下」

春蘭は海宝の前へ行き、膝をついて、改めて礼の姿勢を取った。

「仕えるべきあなたにも真実を告げず、果ては内密で計画を立てたこと、心から謝罪いたします。ですが全ては自由のため。この世に生まれ落ちた全ての者たちのため。私は自由を勝ち取りたいのです」

春蘭は顔を上げ、海宝をしっかりと見据えた。沈黙が続いた。海宝の表情は動かない。皆の緊張が高まってきた頃、海宝はようやく口を開き、低い笑いを漏らした。

「……お前は、俺を振り回すのが本当に上手《うま》い」

「では――」

海宝は大きく頷いた。

「最大の利益を上げる。そのために事を成そう。ここにいる全員でな」

それから、その場にいる者たちでの情報共有が始まった。

「そういや、公主様たちはどうしてるんだ？　まさか春雷と一緒に牢《ろう》に入ってるってこたねえよな？　あと杏子《きょうし》の奴も……」

「問題ないよ。姫君たちは安全なところに逃げてるから」

「そうか……よかった」

莉珠《りじゅ》と杏子の消息について、紫峰と秋明が話しているのが聞こえた。そういえば、逃げた場所については春蘭もまだ聞いていない。

「安全な場所、とは？」

「おっと、小妹《シャオメイ》にわからないなら、きっと白水にもわからないね。ははっ、成功だ」

「で、結局どこにいるんだよ？」

「宰相閣下の叔父、孟元奇《もうげんき》殿の屋敷《やしき》」

紫峰が先を急《せ》かすと、秋明は海宝を指さした。

「孟元奇殿の？　ということは――」

「ああ。梅香のところだ。彼女にもろもろ伝えた。そして世話してもらってる。もちろん守りも固めてね」

春蘭と紫峰は胸を撫《な》で下《お》ろした。孟家のある桂襄《けいじょう》は都から近いが、馬でも数刻かかる。白水の手が伸びようとしても守る時間はある。

しばらく話し合いは続いた。それぞれの想《おも》いが重なり、一体となっていく。こういう滅《め》茶苦茶《ちゃくちゃ》な人間が集まるから、馬鹿なことができる。きっと、世界を変えることにも繋《つな》がっていくはずだ。

話し合いから半刻《はんとき》ほどが経《た》ち、面々は次第に散っていった。

やがて秋明がひらひらと手を振って去ると、宰相執務室には春蘭と海宝が残った。

「皆、手を貸してくださるようで助かりました」

散らかった地図や書類を片付けながら、春蘭と海宝は静かに会話を交わしていた。

「お前の熱意のせいではないか。あの圧倒的な雰囲気の中、首を横に振れる者はそうそういまい」

「ええと……やりすぎたということでしょうか」

「ふ、それがお前のいいところだ」

そう答えてもらえて春蘭はほっとした。彼が言うなら大丈夫だ。

二人で片付けると、すぐに執務室は元通りになった。春蘭は自分の仕事に戻ろうと思ったが、少し躊躇《ためら》って海宝を見た。

まだ彼にはきちんと言っていない。真実を黙っていたことに関する謝罪を。

棚に書類を戻す海宝の方を見ていると、やがて彼もこちらに気が付いた。しかし春蘭に話しかけることなく、部屋の奥へ行って木窓を少し開けた。四角い枠から風と共に夕日が注ぐ。

「ところで、これから時間はあるか」

仕事は山ほどあるが、それ以上にするべきことがある。春蘭は迷うことなく頷《うなず》いた。

「はい、あります」

「ならば少し出掛けないか。連れていきたいと思っていた場所がある」

「どこですか？」

海宝は愉快そうに口角を上げた。

「まだ言えぬ。行ってからのお楽しみだ」


都から軒車に乗って数刻。

揺られている間に陽は落ち、外は宵闇に包まれていった。

小満から芒種《ぼうしゅ》へと差し掛かるこの時期、夜はまだ涼しいが、外気は少し湿気を帯びている。軒車の薄衣《うすぎぬ》越しに様子を窺《うかが》うと、辺りには水辺が広がっていた。

月の光に照らされ、水面がきらきらと輝いている。水面の上を覆っているのは菱《ひし》の花だ。

そして水辺には多くの書院が佇《たたず》んでいる。

春蘭は綺麗《きれい》な景色にほうとため息をついた。

この景色には見覚えがある。まだ枢密院《すうみついん》に勤めていた頃、海宝と莉珠が同盟を結んだときのこと。海宝は劉子源《しげん》から書院を借り、秋明を立会人として同盟を交わしたのだ。互いの宝物を交換することで。

一度莉珠は碧玉《へきぎょく》を返し、海宝との同盟を破棄したが、その後また対話を試みて、同盟は復活した。きっと莉珠から預かった七星剣は今も丁重に保管されているのだろう。

やがて車は一軒の書院の前で停《と》まった。

海宝が先に降り、軒車の下でこちらに手を差し伸べてくれた。

しばしその手を見つめたのち、春蘭は自分の手を重ねた。思った以上に段差があり、弾みで前に倒れかけたが、身体《からだ》をしっかり抱き留められ、地に足が着いた。

顔を上げると、微笑《ほほえ》む海宝と目が合った。

石造りの庭を歩き、門をくぐる。中は木に囲まれていて誰の視線もない。聞こえるのは小さな生き物たちの声と、自分たちの足音くらいだ。

「こちらへ」

海宝が手招いた先には書院の入り口があった。屋敷より少し小さいが、華奢《きゃしゃ》で風雅だ。誰かに手配させていたのか、書院内の灯篭には明かりが灯《とも》っている。

中に入ると、調度品は優美で、丸い形のもので整えられていた。非常に可愛《かわい》らしく――なんというか、海宝の趣味とは思えない。一体誰のものなのだろう。

「以前は劉老子にお借りしていましたよね。今回はどなたに借りたのですか？」

尋ねると、なぜか海宝は苦笑した。

「借りたのではない。買った」

「え？」

あまりにさらりと言われたので、すぐには理解できなかった。海宝が好むのは黒くて硬くて四角いもので、こんなに丸くて優美なはずがない。

まあ、隠れた趣味がないとも言い切れないが……。

「それはまた、意外な趣味もあるものですね……」

「くくっ……別に俺の趣味ではないぞ」

「え、では誰の？」

「わからん？」

「わからん」

自分で買っておいてそんなことがあるだろうか。疑問に思いながら繰り返すと、海宝は笑いながら明かした。

「仕方ないだろう。未来の花嫁が喜べばいいと思って昔に買っておいたのだから」

「は――」

未来の花嫁、という言葉に固まりながら、改めて周りを見回した。

少なくとも春蘭の趣味ではない。……春雷なら好きだろうが。

「……私の弟が好みそうです」

「くくっ、そうか」

海宝はまた笑ったのち、手ずから茶を淹《い》れてくれた。

一口飲み、温かさにほうっと息を吐くと、心がほぐれていく気がした。

隣で海宝も同じようにし、しばらく庭の池とそこに映る月を眺めた。

月の形は歪《いびつ》だが、今は少しも気にならない。ゆらゆら揺れる様は綺麗で、可愛らしくも感じられる。

「忙しいときに時間を割いてもらってすまないな。だがどうしても話す時間が欲しかった。戦陣へ立つ前に」

いいえ、と首を横に振った。むしろ春蘭も同じことを考えていた。思わぬ形で真実を知らせることになってしまったのだ。きちんと話す機会を作るべきだと思っていた。

「……ごめんなさい」

海宝の話もきっと同じだろうと思い、春蘭は自分から謝罪の言葉を述べた。

「しばらく本当のことを言えず、あのような形になってしまいました。本当はしかるべき形で告げたいと思っていたのですが」

「だがあのとき――久々に二人で話したとき、言おうとしていたのだろう？」

「……ですが、結局言えませんでしたので」

あのとき星河たちが入ってこなかったとしても、あの場で言えたかどうかはわからない。少なくとも、今ほど覚悟は決まっていなかったように思う。

「構わない。お前の好きなときでいいと思っていた」

海宝は泰然としていて、いつもと変わらない。

ずっとそうだった。春蘭はというと、曖昧な反応しかできないでいた。

だが、ようやく言うべきことがわかった。

「最近ずっと、あなたとのことを考えていました」

「俺とのこと？」

「ええ。あなたの周りには、頼もしい人がたくさんいます。私のような事情を抱えた者ではなく、正しく傍《そば》にいてくれる人が」

「………」

「だから、私が傍にいる必要はないのかもしれないと、そう考えていました」

迷い、悩み、考えた。その果てに、ようやく答えが見つかった。

「ですが、それは違うとわかりました。他の誰かがあなたを支えることを、私は望んでいません」

海宝の隣に自分がいないことは、今はもう考えられない。春蘭にとって天海宝は唯一無二の人物だ。そして海宝にとっての春蘭もそうであってほしい、と望んでいる。

「あなたの傍であなたを支えたい。他の誰でもなくこの私が。これからも共に歩み、困難を打ち砕いていきたい。そう思っています」

伝わっただろうか。海宝を見つめると、彼はしばらく驚いた顔をしていたが、やがてふわりとほどけるような笑みを浮かべた。

「お前がその結論に辿《たど》り着《つ》いてくれて、本当によかった」

「続きは全てが片付いたら話します。——私の抱える、全てを」

誓いのように互いに頷き合った。きっとこの約束は果たされるだろう。


翌日、枢密院にて。

朝の陽《ひ》ざしが窓から差し込む中、春蘭は海宝の支度を手伝っていた。

「よし、できました」

やがて鎧の着付けが終わった。朝の光が白銀の鎧に反射し、きらきらと輝く。

大きな体軀《たいく》に、艶《つや》やかな黒髪。鎧と同じく白銀の槍《やり》に、きりりと引き締められた表情。

泰然自若、威風堂々。风烽山が全てを燃やす炎であり、董白水が滔々《とうとう》と流れる大河とするならば、天海宝はどこまでも続く海だ。蒼《あお》く、深く、広い。

大丈夫。きっと無事で帰ってくる。海宝の姿を見ると、そう強く信じられた。

そのときふと、海宝の首元に後れ毛がひと房あることに気が付いた。春蘭は手を伸ばし、それを耳にかけてやった。海宝がにやりと笑う。

「これで勝てるな」

「え？」

はっとして春蘭は顔をしかめた。……なるほど、わざとか。

「いつものあれ……ですか？」

「ああ。願掛けだ」

出会った頃、羅玄瑞《らげんずい》を共に退けるため最初にほつれた髪を耳にかけた。宰相選の際にも海宝の頼みで同じようにした。そして今は、それが自然な仕草になっている。

春蘭にとっても海宝にとっても、これはもう大切な儀式のようなものだ。

「それにお前の策も携えている」

海宝は小さな巻物を懐にしまった。実は、春蘭は尭《ぎょう》軍を止めるための策を思いついていた。それを簡易的な地図に書き込んだのだ。

「では、勝利するのは当然ということで」

「ふ、任せておけ」

海宝が禁軍およそ五千を率いて景陽を出た後のこと。秋明は子君に呼び出され、宮殿の内奥にいた。暗い部屋の中にいるのは、自分たち二人のみ。

「それで？　なんでオレだけ？」

「董白水の件だ」

「それはそうだろうねえ。で、具体的には」

「予備の作戦を用意しておきたいと思っている。董白水を徹底的に打ちのめすための」

秋明は眉をひそめた。白水を叩《たた》く手段については秋明も考えていた。

董白水というのは、自分に不利だと思ったものは躊躇《ちゅうちょ》なく切り捨てる人間だ。たとえ尻尾を摑《つか》んだとしても、すぐに離されてしまう。

だが、白水の側近だったコイツなら、何か知っているかも。

秋明は無言で先を促した。すると子君は躊躇《ためら》いがちに目を伏せた。

「なんだよ、早く言え。時間の無駄だろ」

「……そうだな」

静かに頷いたのち、子君は驚くべきことを言った。

「董白水が切り捨てられない人間がこの世に存在する。恐らく……一人」

無意識に白水の姿を思い浮かべた。陶磁器のように白い顔に、光を編み込んだような金色の髪。宝石のように鮮やかな緑の瞳。まるで人形のような姿。だが、生きた人間であることもまた事実。

「どんなヤツなんだ」

また黙り込んだ後、子君は苦い顔で言った。

「多分、お前にとっての秋琴《しゅうきん》殿のような存在だ。関係は全く異なるが」

──なるほど。そういうことか。くっくっ、と秋明は低く笑った。子君の言葉は気に障るが、それが事実なら確かに使える。

今度は自分も、以前の子君の側に回るというわけだ。結局こういう因果から逃れられない運命なのかもしれない。そう考えながら、秋明は数日前のことを思い出した。

『楊《よう》秋琴は生きている。尭皇帝妃、成秀琴《せいしゅうきん》として。今、私は彼女と連絡を取っている』

格子越しに言われた言葉に、秋明は頭を殴られたような衝撃を覚えた。

そして、ひどい冗談だと思った。自分を陥れるためのおぞましい罠《わな》だと。

二十年以上消息が知れない妹が生きていて、しかもそれが尭皇帝妃だなどと。とても信じられる話ではないし、何より李子君という男が話していることがより疑念を生んだ。

「そんな冗談は望んでない。帰れ」

「冗談を言ったつもりはない」

「じゃあ何だって言うんだ」

「事実を伝えたまで」

「オレを釣るための餌だろ。あの書状がなければ、オレはあの時外へ出なかった」

「釣ったのは事実。だが書状自体には関わっていない。どちらにせよ、こうして話をするためにはお前を捕らえる必要があったが」

「オレが逃げるとでも？　馬鹿にするな。悪魔に魂を売ったお前と一緒にするなよ」

すると子君が顔を曇らせた。

「売っていない。私が信じるのは先生の示した道だけだ」

「文健《ぶんけん》の、だって？」

秋明の声は、ひび割れたように低く掠《かす》れた。

……目の前のこいつが何を考えようがどうでもいい。ただ、今その名をここで出されるのだけは聞き捨てならない。恩師であり、友人であった彼の思想を捻じ曲げられることだけは。

「文健ならこんな馬鹿げた手紙を渡したりしない。今の言葉、取り消せ」

言葉のぶつけ合いの末、揺らいだのは子君だった。

その顔が無表情からどこか苦悩するようなものに変わる。

だがそんな顔をされたところで、秋明の怒りは収まらない。

もともと子君と違って、秋明は子君に対して憎しみのような感情は持っていなかった。

妹を人質に取られ、仕方なく国を裏切ったということから、気まずさは感じていたが、その程度だった。

それが今回、激しい怒りに変わった。理由は当然あのふざけた手紙のことだ。

自分を釣り出す餌に妹の名を使ったこと。妹のことを知っていたのに、それを言わず素知らぬ顔をしていたことに。

「……取り消そう。確かに先生がこんな真似《まね》をするはずはなかった。それに悪手だったことも認める。秋琴殿の名を使ったのは悪かった」

「それで事実はどうなんだ。成秀琴の名は知ってる。だがそれが妹の秋琴だと？　どこにそんな証拠がある。大体オレの妹は二十年前の戦で――」

「死んでいなかった」

「……は？」

「私も先生も知らなかった。お前と同じく亡くなったものと思っていた。だが私が中央官僚になったのち使節として尭へ行くことがあり、そこで彼女に会った。彼女は私の名を覚えていて、密《ひそ》かに素性を教えてくれた。彼女の語る過去の話――兄の話はどれも私の知っているものと同じだった。成秀琴は、楊秋琴だった」

秋明はぎり、と奥歯を嚙《か》み締《し》めた。

今までどれだけ悔いたか。どれだけ悩んだか。妹を救えなかったことを。

慶《けい》が榮《えい》になったのち、秋明は尭の密偵であったことを問われて捕まった。裁かれ、宮刑に処されて宦官《かんがん》になることが決まったが、その間ずっと中央に留め置かれていたから、外のことは何もわからなかった。そんな期間がしばらく続いた。

数年かかり、宦官としての地位を固めた頃から、少しずつ外の状況がわかるようになった。太監《たいかん》の位を得てからは後宮の外にも出られるようになり、文健とも再会できた。

そして文健に秋琴のことを尋ねたが、彼も知らないとのことだった。

それから秋明は様々な痕跡を辿った。だが一向にわからなかった。

十年、二十年と年月が過ぎた。やがて秋明は捜すことを諦め、彼女は亡くなったものと判断した。なのに、それなのに……。

目の前の子君を改めて見据えた。もしそんな奇跡のようなことがあったとして、だ。こんな形で利用されるのだけは我慢ならない。そもそも知っていたなら、なぜ今まで話さなかったのか。

「……なぜ」

長い沈黙の末に口を開くと、怒りで声が震えた。

「知っていたなら……なぜ話さなかった」

「なぜ、とは？」

子君が単調に聞き返した。その声にまた腹が立ち、秋明の声は大きくなった。

「なんで今まで黙ってた……！　知ってたなら話せばよかっただろ！　オレがどれだけあいつを捜してたか知ってるはずだ……なのに……っ！」

秋明が格子にどん、と拳を叩きつけた瞬間、正面から強い叫びが返ってきた。

「言わなかったのはお前も同じだろう!!」

一瞬、呆気《あっけ》に取《と》られた。気付くと子君の瞳にも強い怒りの色が浮かんでいた。

「……どういう意味だよ」

「わからない振りをするな」

秋明は口をつぐんだ。——全く心当たりがないわけではない。

「私がなぜお前を憎んでいるか知っているか？　一つは先生のこと。お前を庇《かば》って先生は中央を離れざるを得なくなった」

「……」

文健は秋明の罪は自分の原因だと主張し、結果的に彼のお蔭《かげ》で秋明は死罪にはならなかった。代わりに文健が中央での任を解かれ、地方へと飛ばされた。

彼が中央に返り咲くことはなく、江遼《こうりょう》の地に骨を埋めた。秋明も葬儀に参列し、双子が泣いているのを慰めたからよく知っている。

「そして、もう一つ理由がある」

予想はできた。多分、さっきの追憶の中にあったことだろう。

「お前は話さなかった。自らの真実を。なぜ国を裏切ったのか、一度たりとも私に話そうとしなかった。私から聞いたこともあったのに、だ」

確かに秋明は話さなかった。宦官として宮廷に復帰した頃、子君と海宝は聞いてくれたが、頑として話さなかった。

どのような事情があれ、裏切った事実が消えることはないからだ。

かつてのような友人関係に戻っていいはずがない。愚かな過去を話して許しを乞えるはずもない。そう思っていたから黙した。彼らが疑念を抱くことも織り込み済みで。

「信頼……していたつもりだった。ある程度は」

ぽつりと子君が言った。

「だがお前はただ一人罪を抱え、離れていった。語らなかったことで皆を置き去りにした……私も、天海宝も」

一つ一つの言葉が胸に刺さった。あの頃は毎夜悩んでいた。特に子君とは境遇も似ていた。生まれこそ違うが、親を持たない者同士だったから、心が通っていると思う瞬間が幾度もあった。だからこそ子君は傷ついたのだろう。

今は――どうだろうか。時間を経た今、できることがあるとしたら、それは何だろう。考えた末、秋明はゆっくりと頭を下げた。

「……悪かった。言わなくて」

子君がこちらを見下ろしているのがなんとなくわかった。

隔たりのあった期間の分、再び理解し合うにも時が必要だ。けれど今、そのきっかけができた。きっかけがあれば、分かり合うことは不可能ではない。

「本当はお前の手など借りたくない」

沈黙が続いた後、子君がぶっきらぼうに言った。そう言った子君の声には愛想の欠片《かけら》もなかった。しかしもう怒りは感じられなかった。

許した、というよりは許すことに決めた、という感じだろうか。

ならこちらも秋琴のことは——今は責めるのをやめておこう。

「だが目的が一致しているから仕方ない。ここに来た理由はそれだけだ」

「そうかよ、だったらオレもお前を利用する」

子君に合わせ、秋明の口調もいつものものに戻っていく。

「言っとくけど、秋琴の件はまだ腹が立ってるからな」

「それは……悪かったと言っただろう」

「いや、聞こえなかった。改めて謝れ」

「うるさい。そして少し下がれ。鍵を開ける」

しばらく悪態をつき合いながら、二人は宮廷の地下を脱した。

これが以前あった二人のやり取り。そして次はどうやら、自分が白水に対して同じようなことをしなければならないらしい。

「で？　白水が切り捨てられないのって誰なわけ？　オレだけを呼んだってことは、他のヤツには言いたくないんだろ」

子君は頷《うなず》いた。

「けど白水がなあ。宮中の誰かじゃなさそうだ。ってことは、どこかの姫君？　いや、でも白水の噂《うわさ》なんか聞いたことないな。そもそもアイツに好きとかあるの？　う〜ん」

秋明がぐだぐだと語っていると、子君が静かな声で言った。

「犬だ」

「犬？」

秋明は眉をひそめた。犬。普通に考えれば犬だ、動物の。だが比喩的な表現で使われることも多い。実際に秋明は景翔《けいしょう》のことを『忠犬』と、紫峰のことを『野犬』と呼んでいるわけだし。言われずとも理解できてしまうことに、自分ながら嫌気が差す。

「……そう。大体わかった。でもどうやって捕らえるんだ？　警備はあるんだろ」

「もう一匹の犬を使う。餌に、これを混ぜてな」

子君が懐から小さな袋を取り出した。――やはり、明るい話ではなさそうだ。

「躊躇《ためら》うか？」

秋明は首を横に振った。よく知っている。不条理の循環で世界は回っていると。

その最たるものが、自分だからだ。

この世に生を受けた時点で不条理だった。妹を人質に取られたときは、人生が終わったと思った。でもそれで終わらないのが人生だった。文健や海宝を裏切れば妹は生きられると言われた。悩んだ末に裏切り、不条理がもう一周回った。

そして今は……何周目だろう。

もう少し立場が違ったら、どんな人生になっていたんだろう。

今のところは、口に出したら終わりだと思っている。でも時々考えてしまう。もし海宝の立場だったら、子君の立場だったら、誰かの手を取れたのだろうかと。

結局のところわからない。

ただ一つ言えるのは、あの子たちをこんな不条理の中に引きずり込みたくはないということだけ。あの子たちには、一生暖かい陽の光の中で暮らしてほしいから。

第七章　戮力協心

初夏の風は爽やかで、灼《や》けるような匂いはしない。

烽山《ほうざん》率いる尭軍《ぎょう》は宿蘇《しゅくそ》の国境線から栄《えい》へ侵攻し、龍台《りゅうたい》という砦《とりで》を落とした。

今も龍台に留まり、補給線を確保したり、兵糧を運び込んだりと、景陽《けいよう》に進軍するための態勢を整えているという。しかもその兵数は今までの比ではなく、本格的に景陽を落とすための大軍勢だそうだ。

ならば叩《たた》くなら今。態勢が整えば大軍勢が攻め立ててくる。

──しかし、海宝《かいほう》は動かなかった。尭軍が着々と準備を整えている間も、より都に近い望丘《ぼうきゅう》という城塞都市に留まり続けていた。

「閣下、なぜここに陣を？　敵は龍台で軍備をより強固にしているというのに……！」

たまらず別の砦にいた景翔《けいしょう》が直々に駆けつけた。だが海宝の様子は変わらない。

「だからだ」

「だから……？」

「敵が大軍勢ならば、こちらも対応せねばならぬ。であるから、ここに留まっている」

「しかし、大軍勢を相手にするのなら、せめて敵の兵站《へいたん》を叩いておくべきかと……」

「焼け石に水だろう。それならば、こちらも陣を整えた方がよい」

海宝は懐から小さな巻物を取り出した。秘書官――春蘭《しゅんらん》から手渡されたものだ。

「近くに呂江《りょこう》から引いた運河があろう。景陽へ続く運河だ。そこに架かっている橋を利用する。そのためお前の率いる兵も、みな望丘周辺へ引き上げよ」

「それでは、敵を都に近づけることになります……！」

「ああ。それでよい。詳しい説明は今からしよう」

海宝はにやりと口角を吊り上げた。あちらが平原を焼き尽くすというのなら、こちらは海へ繫《つな》がる水を利用すればいい。秘書官らしい、実に清々《すがすが》しい計画だ。

二日後、尭軍が北の龍台から南下してきたとの報告があった。

報告を受け、榮軍も陣形を整えた。選んだのは運河に橋のかかった地形だ。多少都に近くはなるものの、策を重視しここを選んだ。

今、景翔には運河の向こう側で左右を固めてもらっている。そのため尭軍は橋を渡らざるを得なくなる。海宝がそれを運河のこちら側で迎え撃つというわけだ。

海宝は望丘の楼閣に腰を下ろし、炎の訪れを待った。

尭皇帝、風《ふう》烽山はその名の通り、風を受けて舞い上がる激しい炎だ。尊大なほどに大きなその野望は、四人の兄を残虐に殺し、彼を皇帝にのし上がらせた。

そして今、亜南《あなん》統一などと言って棨を吞《の》み込まんとしている。しかも、あの董白水《とうはくすい》と手を組んで。

白水と烽山が手を組んだことについて、海宝は幾度か考えていた。今はただ自分の存在が邪魔だから手を組んだ。だが、万一その目的を果たしたらどうなる？

次の段階――次の戦が始まるというわけだ。

海宝は白水のことも、烽山のことも、自分と正反対の存在だと思っていた。まるで違う鏡のような存在だと。

だが白水と烽山はどうだろうか。一方は貴族主義に傾き、異様なまでに秩序を守ろうとする白面秀眉の貴公子。もう一方は全てを焼き尽くし、残虐に奪わんとする尭の赤獅子《あかじし》。正反対どころか、共通する部分がまるでない、全く異質の狂気と残虐。

海宝が倒れれば、その二つがぶつかることになる。烽山は守りを失った国境を越えて侵攻し、白水は棨国中の貴族を使って尭に大量の隠密《おんみつ》を送るだろう。烽山は地上から、白水は地中から、互いの領土を侵していくというわけだ。

そうなれば棨も、尭も、亜南の全てが焼け落ち、混沌《こんとん》に陥る。人命は根こそぎ奪われ、草木さえも残らないだろう。

そんな未来、絶対に許してはならない。だから――。

「来たか」

ざわりと草木が揺れた。続いて、大地の揺れる音が響く。

海宝は槍《やり》を手に取り、立ち上がった。秘書官が内憂に立ち向かうなら、海宝は外患に立ち向かう。徹底的に打ちのめし、絶望的な未来を打ち砕くために。


やることが決まってから、春蘭の行動は早かった。

まずは怪我《けが》をした良俊《りょうしゅん》の様子を見に行った。今は海宝に許可をもらい、彼の屋敷《やしき》で静養させてもらっている。

朝一番に春蘭が様子を見に行くと、良俊はすでに起きており、壁にもたれかかって本を読んでいた。もう座っても大丈夫なのか、と春蘭が近くへ寄ると、良俊は頷いた。

「傷はそんなに深くない。知ってるだろ」

「でも痛むんじゃない？」

「……別に大したことない」

彼の言う通り、傷は深くなかった。飽くまで崖を転げ落ちた際のもので、刺客にやられたものではないそうだ。

「ところで、あの宗元《そうげん》っていうおっさんは？」

「彼も問題なかったみたいだよ。刺客は門前で防ぎ、宗元殿の元までは届かなかったそうだから」

「……そうか」

良俊は頷いたが、その顔は晴れない。

「じゃあ、おっさんに仕えてた奴は。全員無事だったのか」

春蘭は言葉に詰まった。事実を言うのは気が引ける。だが嘘《うそ》をついても仕方がない。

「一人、亡くなったらしい。刺客を門前で防いだ方だったそうだよ」

良俊は黙り、俯《うつむ》いた。それからぽつりとこう漏らした。

「……俺が、すぐに逃げなかったからだ」

返す言葉がなかった。宗元の書状で知ったことだが、良俊が逃げる際に胥吏《しょり》の一人が彼を庇《かば》ったらしい。多分、そのときの怪我で命を落としてしまったのだろう。

事実は事実だが、少年一人が背負うには重すぎる。それに元々は春蘭が出した命令だ。自分も良俊と共にこの事実に向き合おうと思う。

「これから一緒に返していこう。彼にもらった恩を」

「……わかってる」

良俊は頭を振って春蘭の手を振り払った。

春蘭は立ち上がり、もう一度良俊の方を振り返ってから部屋を出た。

「……っ、俺のせいだ」

小さな呟《つぶや》きは、春蘭にはもう聞こえなかった。


それから自室に戻り、春蘭は宗元への書状をしたためた。

春蘭たちが国を中から変えるとしたら、宗元率いる民衆には外から変えてもらう。そのために宗元に真実を教え、民衆に広めてもらうのだ。白水の犯した反逆の罪を。

それが終わると、次は桂裏《けいじょう》へ向かった。これから成すべきは、とにかく裁定に勝つ準備をすること。そのために手札を用意する。手札は多いほどいい。

今回重要な手札となるのは莉珠《りじゅ》と、その母の丹霞《たんか》だ。

「よう、待ってたよ」

莉珠たちを匿《かくま》う梅香《ばいこう》はすでに席についており、莉珠と杏子《きょうし》も腰かけた。春蘭はいつものように彼女たちに拱手《きょうしゅ》の礼をしたが、それを見て梅香が笑った。

「それじゃあ手が逆だよ」

ん？　と思ってよくよく自分の手を見る。

逆……ああそうか、左右の手のことか。左手が上なのは男性の所作だ。噂はもう広まり切っている。三人とも知っており、見る限り受け入れてくれている様子だ。

「話が早いようで何よりだよ。お二人を保護してくれてありがとう、梅香」

「ああ。しっかし反応が薄いねえ。もうちょっと狼狽《うろた》えてくれた方が、からかい甲斐《がい》があったってのに」

「私の性別がどうこうって話？」

「そうだよ。もっとしけたツラしてると思ってた」

「ははっ、しけた面は景陽で散々してきたからね。それに梅香は、私が女であろうと何も変わらないでしょう？」

「ああ。あんたの中身が変わるわけでもないしね。むしろ同じ女なら、今まで以上に適当でいいから楽なもんさ」

それから莉珠の方を見た。緊張しているのか、ぴんと背筋が伸びている。今回の件における自分の役割をよくわかっている様子だ。

「公主様には、どうしても一つお願いしたいことがございます」

「……ええ。言ってちょうだい」

「どうかお母上を説得し、証言をするようお願いしてはくださいませんか。あの夜襲ったのは春雷《しゅんらい》ではなく、皇后陛下の手の者であったと。秋明《しゅうめい》が手配していた隠密がいなければ、すでに御子ともども亡き者になっていたと」

「それで……勝てるのね？」

「はい。勝利するとお約束します。春雷を冤罪《えんざい》から解放することにもなります」

「わかったわ。では、これから都へ戻ることにする」

「感謝いたします。護衛と共に、車はすでに用意してありますので」

莉珠は立ち上がり、杏子を伴って外へ向かった。梅香も同じく二人を追った。

「二人になんかあったらアレだろ。あたしも都について行くよ」

「うん、頼んだ」

自分の周りにいる女性は逞《たくま》しい人ばかりだな、と春蘭は改めて感心した。


「これが本当の本当に最後だね」

「ふふっ、最初の頃が懐かしいよ」

春蘭と春雷は笑い合い、互いの上衣を取り替えた。

春蘭は髪を結い上げ、男物の衫《さん》の上から襦裙《じゅくん》を纏《まと》い、裳《も》を締めた。

春雷は結い上げた髪の上に幞頭《ぼくとう》を被《かぶ》り、女物の襦裙の上から、袍《ほう》を着付けた。

中と外がちぐはぐだ。だが外見だけなら春蘭が女性、春雷が男性に見える。

「いいねえ。すごく変。そしてキミたちによく似合ってるよ」

愉快そうに眺めているのは秋明だ。

「それ褒め言葉？」

「ああ、最大限のね。それ以外の何だっていうんだい？」

春蘭と春雷は顔を見合わせて苦笑し、再び互いの姿を確認した。

「春雷、始めようか！」

「うん、終わらせよう！」

正反対の言葉で頷《うなず》き合ったのち、春蘭は秋明と共に、春雷は一人で、もう使われることがないであろう秘密の部屋を後にした。


通常、裁定は宮廷にある刑部《けいぶ》領内の議場で行われる。

そこへ提起人と被提起人が入り、判官を束ねる刑部大臣が裁定を進めるのだ。議場に入れる数ならば傍聴人も見学が可能であり、普段なら数人から数十人が訪れる。

だが今回は全てが例外だった。まず提起人が皇后であり、国内で皇帝に次ぐ位の持ち主ということで、普段の議場では入らない。しかも今回提起人は皇后一人ではなく、羅玄瑞《らげんずい》と董白水も連名しており複数。被提起人も天《てん》海宝と、青《せい》春蘭、青春雷の三人だ。

さらに議題が議題。皇帝の夫人とその御子の殺害未遂という、国の未来に関わるこれ以上ない重大事ということで、皇帝本人も臨席することとなり規模は大きくなった。よって宮廷内で最も大きい聖和殿《しょうわでん》で裁定が執り行われることとなった。

傍聴人の数も今までの比ではない。彼らは証人となり、今後ここで起きたことを語り継ぐ者たちとなるだろう。誰が口にしたわけではないが、彼らは皆こう思っていた。

──今日を境に、何かが変わる。

これまでも栄国ではいくつも大きな動乱があった。

天海宝が玄瑞や白水に陥れられたが、青春雷と名乗る者と共に乗り越えたこと。尭皇帝が攻めてきたが、優れた武勇により海宝がそれを退けたこと。武功と青春雷の協力により海宝は英雄と呼ばれ宰相選で勝利したこと。

しかし今回は例外だった。

なぜなら、全てが同時に起きたからだ。

皇帝の新たな御子が生まれようとしたときに、その母親の梦《ぼう》丹霞殺害未遂が起きた。同時に尭からは皇帝率いる大軍勢が押し寄せた。そして天海宝の側近である青春雷と、公主の侍女である青春蘭が入れ替わっていると噂《うわさ》が広まった。

さすがに皆、これらが偶然だとは思わなかった。

……何かがある。誰かが企《たくら》んだ、何かが。

そんな予感が高まった頃だった。議場に一団が現れたのは。

先陣を切るのは麗しく端整な顔立ちの宰相秘書官。その後に伊達《だて》で風雅な副宰相の凌《りょう》星河《せいが》と、暗く湿った劉《りゅう》以賢《いけん》が続く。

三者三様の在り方は、議場で独特の存在感を放った。

次に、反対側からもう一団が現れた。穢《けが》れを知らぬ白皙《はくせき》に碧《みどり》の瞳を持った美しい貴公子と、荒波を乗り越え威風と貫禄《かんろく》をつけた御曹司。

白水と玄瑞だ。こちらも議場にあって堂々たる雰囲気を醸した。

それから、二人の後には影のように黒衣を纏う李子君《りしくん》の姿があった。知性の感じられるほっそりとした面には、冷静ながらも熱い色がある。董白水陣営の参謀として知られる彼は、当然ながら白水の後ろで足を止める、と思われた。

だが子君は歩き続けた。広い聖和殿を一人闊歩《かっぽ》し、白水の前をあっさり通り過ぎて、宰相陣営の側へ行った。そして宰相秘書官の隣に立った。

その場がざわりと揺らいだ。しかし子君が傍聴人たちをぐるりと見渡すと、すぐにしんと静まり、代わりに緊張が高まった。

玄瑞もまた、傍聴人たちと同じように顔をしかめていた。しかし白水は何も言わず、表情も変わらないままだった。

最後に後宮の者たちが揃《そろ》って入場した。

莉珠と春蘭と杏子は宰相陣営側へ行き、皇后は玄瑞の隣へ行って、一段高い場所に設けられた椅子に腰を下ろした。

こうして面々が揃った。

青春蘭は後宮側に、青春雷は宰相側にいる。──正真正銘、名前の通りに。

「これより裁定を開始する」

御簾《みす》越しに座す皇帝の前に立つ刑部大臣が、宣言した。

「皇后陛下、羅玄瑞、董白水の三名が提起人。天海宝、青春雷、青春蘭の三名が被提起人。天海宝は不在のため、のちに改めて判決を述べることとする。また提起人、被提起人ともに、証人の発言を許可する」

訴えを受けるのは春蘭と春雷の二人。その他の皆は証人ということだ。

「今回、訴えは二つある。一、青春雷と青春蘭は入れ替わりにより国家と元首たる皇帝陛下を欺いた。二、青春蘭と入れ替わった青春雷が梦丹霞様及び御子の殺害を謀った」

刑部大臣の言葉により、裁定が始まった。

「まず一つ目の訴えについて、審問を開始する。董白水によると、青春雷、青春蘭、双方の入れ替わりの疑いがかかっている。これについて弁明があれば、被提起人の二名は事情を述べよ」

「え、ええ」

春雷が頷くと、全ての視線がそこに集まった。

まだほとんどの者がわからなかっただろう。しかし白水や玄瑞などの何人かは気付いた。

発言しているのが、いつもの『宰相秘書官』ではないことに。

「では――」

春雷は言葉を続けようとした。しかし千人以上の人間が自分を見つめ、息を詰めている状況に緊張したのだろう。その声は震え、やがて消え入った。完全に怖気《おじけ》づいている。

……ならばもう大丈夫。茶番はここまでだ。

「では、最初に明らかにしてもよろしいでしょうか」

春蘭が一歩前に出て、よく通る声で言った。途端に議場が少しざわついた。宰相秘書官の声は、ここにいるほとんどの者が聞いたことがあるはずだ。

「明らかにする、というのは？」

「我々の正体についてです」

ほとんどの者が察知した。今発言した『春蘭』こそが秘書官ではないかと。

こうなればもう後には引けない。引くつもりもない。春蘭は目の前の柵を少しどけ、隣にいる春雷に手を差し伸べた。

春雷が恐る恐る手を重ねたのを確認すると、前へ歩いていき、二人で聖和殿の中心まで来た。そこで春蘭は足を止め、ぐるりと周りを見回した。

「弁明があれば事情を述べよ、とのことでしたね。でしたら、最初に事情を明らかにさせてくださいませ」

有無を言わせぬ声で言うと、大臣は黙って頷いた。

「では、始めます」

何を、と皆が思ったとき、大勢の——千余人の前で、女性の姿をした春蘭は帯をほどいた。

その場は一瞬ざわりとし、すぐに止まった。

男性の姿をした春雷も、同じように少し大きめの帯をほどいたからだ。

大胆な所作にみな口をつぐんだ。今まで見たことのない状況に、何を言っていいか誰もわからなかった。息遣いだけが聞こえる中で、春蘭はさらに襦裙を、春雷は袍を脱ぎ捨て、どちらも薄い衫だけの姿になった。

身長は変わらないが、体つきは少し違う。

遠目ではわからないかもしれないが、近くにいた者ならば、薄衣《うすぎぬ》越しにうっすら浮かぶ春蘭の曲線と、春雷の直線に気付いたかもしれない。

それを隠さず、春蘭と春雷は互いの衣装を交換した。春蘭はさっきよりも重い袍を受け取り、身に纏って、幞頭の中に髪を入れた。春雷は軽い襦裙を受け取り、優雅に纏って、大ぶりの花飾りを髪に挿した。

そこには先ほどと同じ、しかし全く違う双子が立っていた。

女性なのに男物の袍を着ている春蘭と、男性なのに女物の襦裙を着ている春雷が。

「これが普段の、私たちの姿です」

ちぐはぐでややこしい。けれどそう言われると確かにしっくりくる。

異様な状況にみなが息を呑《の》む中、沈黙を破ったのはやはり彼だった。

「そうですか」

白水だ。彼だけはいつも通りの白面で、声もまた涼しい。ただ、その中にわずかな嫌悪のような色が混じっているように思えたのは、気のせいだろうか。

「はい。女でありながら男装をして宰相秘書官をしていたのが私、青春蘭。男でありながら女装をして公主様にお仕えしていたのが、弟の青春雷です」

「そのようですね」

白水はやはり淡泊に返事をしたのち、側近からなにやら巻物を受け取った。

「先日、我々も楊太監《ようたいかん》の私室からある私記を入手しました。陛下の寝所に侍《はべ》る際は、そちらの春蘭殿――すなわち秘書官殿が代わりに後宮に入ったと記録されています」

「へえ、オレを捕まえてた間に探ってたわけですね。いいご趣味だ」

秋明が意地の悪い笑みを浮かべると、白水も微笑《ほほえ》んだ。静かな敵意がぶつかり合った後、玄瑞がこほんと大きな咳《せき》ばらいをした。

「つまり認めるということだな、罪を。入れ替わって皆を欺いたということだな。皇帝陛下を、我々を、ここにいる全員を。目的は何だ。天海宝と共に国家の転覆を狙ったというところか？」

そう尋ねた後、玄瑞は眉をひそめ、春蘭の姿を改めて上から下まで検分した。

「いや、もしくはお前たちが本当の黒幕か？　宰相閣下は秘書官殿を大層お気に入りだというしな。単に能力を買っているだけかと思ったが、女ならば話は変わってくる。お前が天海宝を裏で操っていたとしても、何らおかしくはない」

「――であるなら、穢らわしい弟も怪しいものです」

突然、女性の鋭い声がしたので春蘭は驚いた。

誰かと思って辺りを見回すと、玄瑞が姉の皇后を見上げていることに気付いた。どうやら扇で顔を隠している皇后が発言したようだ。彼女の声は初めて聴いた。

「そうですね。公主様が宰相に与《くみ》しているのもまた、弟がたらし込んだせいだと考えても何らおかしくはない。違うか？」

玄瑞が付け足した。事実を認めた以上、そう捉えられても仕方がない。春蘭と春雷もそれはわかっていた。どのような理由があろうと、罪を犯したのは本当のことだ。

だが、それだけで終わらせたくはないのも事実。

「先ほど見せたように、入れ替わりが事実であることは認めます。同じく、我々に罪があることも」

春蘭は腰を折って謝罪し、顔を上げた後、爽やかに微笑んだ。

「ですが評価していただいたことに関しては――ありがとうございます。私の仕事の手腕と、弟の美しさについて」

その言動で、その場が一気に変な空気になった。

「……は？」

「また、入れ替わった目的については弁解させていただきます。このとりかえに、政治的な目的は一切ございません」

玄瑞の困惑を差し置いて春蘭は続ける。

「皆様方を欺くためでも、宰相閣下と国家転覆を狙ったわけでも、宰相閣下を操って国政を握っていたわけでもありません。ただ一つ言わせていただくなら、生きるために入れ替わりの道を選びました」

どう捉えられようと、これだけは伝えたい。この世は自由で、多くの選択肢があるということを。自分たちは、ただそれを選んだだけなのだと。

「見ておわかりのはずです。私は行動力と弁舌では誰にも劣らぬと自負しておりますし、弟は美しさと手先の器用さでは誰にも劣りません。ならば私が官僚に、弟が宮姫になるのが自然な生き方だとは思いませんか？　すなわち我々は、自身の在り方を曲げないために今の生き方を選んだのです」

春蘭が春雷の背中を叩《たた》くと、彼もまた背筋を正してこう言った。

「僕は……僕では、春蘭のような官僚にはなれません。軽い衣に身を包み、紅を塗り、花を愛《め》でる。僕にはそういった生き方しかできません。そうでない生活は、心を失うのと同じです」

最初のような声の震えはもうない。

「ですから僕も、この決断に後悔はありません」

「――とても現実的ではありませんね」

春雷が言い終えると同時に、白水が言った。

びくりと春雷が一歩後ろへ下がった。凛《りん》とした声は鋭く、先ほど感じたのと同じように、わずかに嫌悪の色があった。

「それは屁理屈《へりくつ》です。欲求のままに生きることは獣と同じです」

「獣、ですか」

春蘭は白水の言葉を正面から返した。

……ここからが本番になりそうだ。春蘭は気を引き締めた。

「誰が獣かは議論の余地があるのではないでしょうか。少なくとも我々は、梦丹霞様と御子様を殺害しようなどとは考えませんでしたし、その罪を他者になすりつけようとも思いませんでした」

春蘭の暴露に、皇后と玄瑞の緊張感が高まった。

「二つ目の訴えはこうでしたね。青春蘭と入れ替わった青春雷が梦丹霞様及び御子様の殺害を謀った、と。確かに私たちは入れ替わっていました。しかしそれは他者を害するためではありませんでした。つまり我々は、梦丹霞様及び御子様の殺害未遂に、一切関わっておりません」

「ほう。おかしなことだな。俺が聞いたところによると、犯行が起こった際に夫人の近くにいたのは青春雷だけだったそうだが」

「いいえ。警備の内官もいたはずです」

「それは当然だろう。警備を除いて、の話だ」

玄瑞が苛立《いらだ》たしげに言い返した。

「夫人と御子様をお守りするため、警備には最大限の注意を払っていた。だがその警備の中を悠々と通れる者がいたそうじゃないか。公主様とその側近くにいた侍女二人だ。……まあ、片方はもはや侍女とは言えないようだが」

「それは私も聞き及んでおります。警備を除けば、公主様と華杏子殿《か》と春雷の三名しか出入りの許されない、非常に特殊な状況になっていたと」

「わかっているなら話は早い。犯行に及ぶことができたのはその三名しかいないということだ。そして犯行時、青春雷は夫人の房にいたという。ならば自然と犯人は青春雷になるだろうが」

「そうでしょうか？　先ほど玄瑞殿はこうおっしゃいましたよね。内官が大勢詰めていたと。ならばこうは考えられませんか。内官のうち誰かが、もしくは複数が、犯行に及んだと」

「ハッ、馬鹿なことを。警備のために配置された者がなぜ犯行に及ぶと言うのだ」

「警備を取り仕切っていたのが、皇后陛下であったからですよ」

玄瑞の表情が硬くなった。同時に皇后の瞳も鋭さを増す。

「そうですよね、楊太監」

春蘭が秋明に話を振ると、秋明は頷《うなず》いた。

「ええ、宦官《かんがん》連中はみんな知ってましたよ。あの警備はおかしいってね。だって、どう考えても丹霞様を孤立させてるようにしか見えませんでしたから。──何か、後ろ暗いことでもするために」

「あともう一つ、考えてほしいことがございます。それは殺害ではなく殺害『未遂』という点についてです。これは私より春雷の方が詳しいでしょう」

春雷の方を向くと、彼は緊張した面持ちながらもこくりと頷いた。

「今回、訴えられた内容では結果的に殺害未遂となっていました。ですが僕が見たところ……犯人は、本当に丹霞様と御子様を殺害する気だったようでした」

「その、根拠は」

低く、玄瑞が聞き返した。

「僕が見たとき、丹霞様は腹部を斬りつけられていたからです」

え、と誰かの声が漏れた。近くから聞こえた高い声は多分、莉珠のものだろう。

「殺害未遂に見せかけるなら、傷つけるのは他の箇所でよかったはず。ですが、よりによって御子様のいらっしゃる腹部。そこを狙うのは何か意図があるのでは？　御子様を……本当に殺害するつもりだったのでは？」

恐らく莉珠にはそこまでは告げていなかったのだろう。春雷の声は心苦しそうだ。

「また、致命傷とならなかったのは、楊太監が助けたからです。彼が極秘に部下数人を床下に隠し、事が起これば防ぐよう手配していました」

「本当は丹霞様を逃がしたかったんですけどね。あの警備では無理でした」

「つまり、我々宰相陣営の考えはこうです」

これまでのやり取りを、春蘭が引き取った。

「皇后陛下は丹霞様を殺害するため特殊な警備を置き、春雷たちだけが入れるようにしました。そして犯行後、殺害の罪を着せるため、春雷をそこに送り込みました。しかし楊太監の働きによって殺害は防がれ、殺害未遂の罪を着せられることとなりました。ですから春雷に罪はなく、むしろ皇后陛下方に罪があるかと思います。――以上が、こちらの主張です」

「フン、相変わらず口が回る」

玄瑞が鼻で笑った。

「だがお前たちの話には何の証拠もない。証人もいない。今の話は全て嘘《うそ》であり、くだらない作り話だと言える」

証拠もない、という言葉で天秤《てんびん》が玄瑞の方へ傾いた。確かにあの閉鎖空間の中では、春雷も秋明も証拠となるものを見出《みいだ》せなかった。今までの話だけでは信憑《しんぴょう》性は薄いだろう。

「我々はそんなものに踊らされる気はない！　罪は決定したも同然でしょう！　さあ大臣、そろそろ判決を下す頃合いではありませんか！」

——だが、証拠となるのは何も物証だけではない。

「証人なら、おられますわ」

「なんだと……？」

つんとした高い声に玄瑞は振り返り、それからはっとした。

発言をしたのは莉珠だった。そして彼女は『いる』ではなく、『おられる』と言った。公主である莉珠がそういう言い方をする人物は限られている。

その言い方に違和感を覚えた者がどれだけいたかはわからない。だが数人の護衛と侍女に囲まれた一人の貴婦人が現れると、その場は緊張でぴんと張りつめた。

春蘭は会ったことがなかったが、一目ですぐにわかった。莉珠とよく似た可憐《かれん》で華奢《きゃしゃ》な姿。そしてどこか寂し気な雰囲気と、憂いに満ちた表情。——梦丹霞だ。

「母上」

莉珠が静かに呼んだ。

「あの日の真実をお聞かせ願えますか」

「……はい」

丹霞は小さく息を吸い、こう告げる。

「……最初に、内官の一人が扉を開きました」

声はか細い。みな、耳をそばだてた。

「……突然のことに、驚きました。普段、そんなことはございませんから。ですが、驚く時間は長くは続きませんでした。顔を布で覆った一人が、わたくしに向けて刃を振りかざしたからです」

ぽつりぽつりと丹霞が話すたび、玄瑞の顔色は悪くなる。

「……刃はわたくしの腹部を掠《かす》めました。ですが恐ろしさに目を閉じた瞬間、刃が途中で弾《はじ》かれました。別の誰かがそうしたからです。その方の顔は見えました。後から知ったところによると、楊太監の部下の方だったそうです。それから、なぜか春蘭さん――春雷さんが、連れてこられました。手には、無理やり剣が握らされました。そして内官の誰かが、『敵襲』と……そう声を発したのです」

丹霞に協力を仰ぎたいと告げたとき、莉珠は自信なさそうにしていた。しかし無事に母を説得し、この場に連れてきてくれた。莉珠にも丹霞にも、感謝しなければ。

「これが被害者である丹霞様の証言です。皇后陛下の配置した内官に襲われ、楊太監の部下に助けられ、春雷が罪をなすりつけられた。証拠なら、これで十分ではないでしょうか？」

春蘭は皇后を見、玄瑞を見た。

「つまり裁かれるべきは我々ではありません。むしろ、皇后陛下とそれに手を貸したであろう玄瑞殿の方です」

「何を……っ！　それが本当だとは――」

「夫人の証言を否定しますか？」

「それは、だが……！」

玄瑞がさらに言葉を連ねようとしたときだった。

「――だから我々が獣、だと？」

突如、澄んだ声が重なった。

白水だ。慌てている玄瑞と打って変わって、いつも通り涼しい。

「そこまでは言っていません。ただ、他者を殺害しようとし、あまつさえその罪を他者になすりつけることは許しがたい行為であり、罰せられるべきだということです」

「なるほど」

白水は静かに頷いたのち、表情と真逆に厳しいことを言った。

「身分を詐称し他者を欺くのは人として正しい在り方で、保身のために他者を殺《あや》めるのは人の行いではないと。そういうことですか？」

一言一言が丁寧な語り口で、非常に落ち着いている。

……どう切り崩すべきか、すぐには判断できない。

思えば白水と対峙《たいじ》するとき、傍らには常に海宝がいた。

だが今は違う。ここで支えとなるのは春蘭だ。自分が崩れれば陣営が崩れる。とはいえ積極的にならなければ、どうあっても白水の牙城は崩れない。

「少なくとも、他者を殺めることだけはあってはなりません。それは人の尊厳を失う行為です。同じく他者に誰かを殺めさせることも、あってはならない行為です」

悩んだ結果――春蘭は盾ではなく剣であることを選んだ。

「白水殿。皇后陛下や玄瑞殿だけでなく、あなたもまた罪を犯したはずです」

春蘭は白水の瞳をまっすぐ見た。

白水もまた緑の瞳でこちらを見返した。底知れぬ闇が続く瞳で。

「今、天海宝は国境で尭と戦っています」

「ええ」

「ですが、その理由はあなたしか知らないはず」

「理由？」

「なぜ天海宝が戦っているのか、です」

春蘭は視線を白水から外し、議場内の傍聴人たちに語りかけた。

「皆様にもご説明します。天海宝は戦に赴きましたが、厳密に言えば、天海宝は戦わされています。白水殿によって、宰相陣営の力を弱めるために」

表向き、海宝はたまたま攻め込んできた尭軍に対応している、ということになっている。だがそれが真実でないことはすでに明らかだ。

「しかも相手は尭の皇帝、風烽山です。これがどういうことか、おわかりでしょうか。玄瑞殿は」

白水と手を組んだなら、彼も知っている可能性が高い。

そして尋ねた今、玄瑞は明らかに目を逸《そ》らした。——やはり。

「……さてな。運が悪かったんじゃないか。そもそも、宰相陣営の力を弱めるために、というのも言いがかりに聞こえる。証拠があるなら見たいものだ」

「いいですよ」

春蘭は頷き、副宰相たちの後ろに隠れていた人物を呼んだ。

「……誰だ、それは」

「知りませんか？」

玄瑞は答えなかった。多分、彼は知っているのだ。この人物が宿蘇の藩鎮であることを。なぜなら宿蘇で白水と密談し、結託したのは玄瑞なのだから。

「宿蘇を治めておられる方です。私は先日、彼に問いました。なぜ国境にある宿蘇の門を開けたのか、と」

そう言ったのち、春蘭は視線を玄瑞から傍聴人たちの方へ向けた。

「するとこの方はこう答えたのです。董白水殿から報奨をもらったためです、と」

門を開けた、という言葉は一つの真実を示している。

「門を開ければ尭が攻めてくるとわかっていたはず。ですが白水殿はそれをさせました」

その場がざわめき始めた。徐々に大きくなり、大きな唸《うな》りとなって壇上へ伝わっていく。

大勢から『どういうことだ』と問われた気がした春蘭は、堂々とそれに答えた。

「要するに、尭軍は意図的に引き入れられたのです！　白水殿によって！」

春蘭の声が余韻となって響いた後、しんとその場は静まった。尭軍を意図的に引き入れた、という言葉。それは白水が烽山と手を組んだことを示していた。

だがその行為は禁忌。敵国と組むということは、反逆の罪を犯すということ。

絶対に越えてはならない一線を越えるということ。

「白水殿、答えていただきます！　敵軍を攻め込ませてまで天海宝を戦に赴かせたこと、我が国の兵力を削ってまで政敵を打ち倒そうとしたことに、間違いはありませんね！」

春蘭は渾身《こんしん》の力を込めて言った。

凍り付いた空気の中、ただ白水の答えをじっと待つ。

証人はいる。手を組んだ玄瑞は崩れかけている。傍聴人にも伝わった。この状況で、何をするのか。何ができるのか。

白水の一挙手一投足を見続けた。そして。

「最も優先されるべきは、秩序です」

白水は、ぽつりと言った。何の感情もない声で。

肯定でも否定でもない。ただの小さな呟《つぶや》き。

そこに何の意味があるのかわからない。見定めるためには、さらなる問いが必要だ。

「……どういうことでしょう。秩序、というのは」

「言葉の通りです」

秩序。正しい順序、道のり、理《ことわり》。

単純に受け取ればそうなる。だが、白水が言うと特殊な言葉に聞こえた。

「では……先ほどの問いに関しては、肯定すると？　秩序を守るため、尭軍を迎え入れたと？」

白水は微笑《ほほえ》むばかりで、何も言わない。

「秩序のためであれば、どのような手段も問わないと？」

「あなたはどう考えますか？」

返ってきたのは問いだった。

「身分を詐称し、他者を欺きながら自由を謳《うた》うあなたは。最も優先すべきは何だと考えますか」

先ほどよりも声が低い。白水にしては珍しい響きに春蘭は身構えた。

そして、いつもより鋭い視線に気が付いた。

白水が攻撃していたのは常に海宝だった。だが今、白水は春蘭を攻撃している。春蘭が海宝の側近だから、という理由付けはできるだろう。しかしこの裁定の中で、白水は幾度か春蘭に向けて嫌悪を示した。ならばきっと海宝だけでなく、自分にも何らかの敵意があるのだろう。

理由はさっき白水が口にした言葉にあるだろうか。

秩序。それは春蘭とは正反対の場所にあるものだ。そして今後も、秩序を気にして個人の意志を殺すようなことは絶対にない。

「私は命だと考えます。命の持つ意志だと」

どのような理想を描くか。何を優先するか。

それはあの日、秋明が江遼《こうりょう》にやって来て後宮入りの話を持ち出してから、ずっと考えてきたことだった。

最初にとりかえを決めたときは重く考えていなかった。ただ家計のことと、自分なりの人生設計を考えただけだった。

重くなり始めたのは都で海宝に仕え、国政に関わり始めた頃だ。支えきれなくなったのは、海宝に気持ちを告げられた頃だ。

悩み、葛藤した。その末にようやく答えを得た。

「先ほど述べたように、我々は自然に生きるため、入れ替わることを決めました。自分の意志を曲げないために、心を殺さずに生きるために。そして今もその意志に変わりはありません。また我々と同じように、誰もが自らの意志に従って生きることができればと考えます」

少し目を伏せ、揺れる水面に浮かぶ歪《いびつ》な月を思い出した。振り返った先にあった荒れ果てた道を思い出した。あれらは春蘭だけのものではない。ここにいる皆のものだ。

「なぜなら皆、生まれながらに歪《ゆが》みを抱えているからです」

「歪み、ですか？」

「はい。歪みがあるからこそ、人は様々な悩みを抱きます」

春蘭は丹霞を見た。彼女の身にある新しい命はきっと、このままでは歪みからは逃れられない。生まれ落ちた時点で大きな嵐に巻き込まれることになる。

「御子様は、お世継ぎになるかもしれない方です。そして丹霞様はそのお母上になるかもしれない方です。だからこそお命を狙われました。もし市井の親子であれば、そのようなことはなかったでしょう」

次に春蘭は皇后を見た。

「御子様の存在の重さゆえに、皇后陛下は今回の計画を立てたはずです。自らのお立場が揺らぐことを危ぶまれて。ですが皇后陛下という地位になければ、そのようなお考えはなかったのではないでしょうか」

皇后は明らかに顔をしかめた。

「宰相閣下、天海宝もそうでした。前王朝の血筋であることを理由に揶揄《やゆ》され、蔑まれました。それでも折れずに志を貫き宰相となりましたが、今もまだ国を乗っ取る奸雄《かんゆう》などと言われています。その血筋ゆえに」

しかし春蘭は海宝の志が本物であることを知っている。血筋など関係ない。

「そうだね。オレもそう思いますよ」

春蘭に続いたのは秋明だった。

「宦官《かんがん》なんて好きでなるヤツはいませんよ。敵国の将の血筋だからとか、貴族に反論したからとか、家族を人質に取られたからとか。みんな馬鹿馬鹿しい理由でこうなった。だがこんな馬鹿げた制度、歪みそのものだ」

真剣な声だった。……きっと秋明は、この問題について誰より考えたに違いない。

「私もそうだな。祖父や父親の犯した罪によって、生まれながらに罪を負っていた。先生、青文健《ぶんけん》がいなければとっくに死んでいたことだろう」

そう言ったのは子君だった。それから紫峰《しほう》も口を開いた。

「俺は多分、少ない方なんだろうな。それでも少なからず不自由を感じたことはある。望まない縁談とかな。ここにいる奴には多いんじゃないか。政略結婚に後悔したことのある奴やら、望まない職に就いてる奴は」

仲間たちの援護は大きな追い風となった。今だ。全てをぶつけるときが来た。

「人は皆、大なり小なり歪みを抱えています。だからこそ私は今、それを受け入れるべきと考えます。貴族ばかりが上に立ち、平民が政治に参加できない現状も、男ばかりが表に出て、女ばかりが内に籠もる現状も――」

春蘭は大きく手を広げた。白水を見た後、傍聴人たちを見回した。

思えば全て、このときのためだったのかもしれない。とりかえを決めたことも、自らの歪みに気付いたことも。この国の在り方を、万人の在り方を問うためだったのかもしれない。そう思うと、心の底から勇気が湧いた。

「全てが歪みであるからこそ、それを受け入れるべきと考えます！　その上で各々が自らの意志で決定すべきです！　どう在りたいか、どう生きたいかを！」

渾身の力を込めて発した言葉が、聖和殿に大きく鳴り響く。

「もちろん、限度はあると思っています。能力、容姿、生まれた環境。変えられないものは確実にあります！」

春蘭は握った拳をぐっと前に出した。

「それでも、門だけは開けておきたい！　なるべく等しく生きられるよう、努めていきたい！　私はそう思っております！」

春蘭の熱意で、その場の温度が少し上がった。

近くにいる者から遠くにいる者まで、隅々まで春蘭の言葉が伝播《でんぱ》していく。

そして少しずつ皆の表情が変わっている。全てが肯定の表情ではないが、何か感じたものがあるのだろう、春蘭の情熱は確かに伝わっている。

これが白水にも伝わればいい。そう思って白い面を見つめた。

白水もこちらを見つめ返していた。まだ顔色は変わっていない。無表情のままだ。

だが皆がそうだったように、何かしらのものは伝わるはずだ。信じて春蘭は白水の反応を待ち続けた。が――。

「――では、全員が科挙を受けたら？」

凍え切った声で白水は言った。少しも熱の感じられない声だ。

「誰が田畑を耕すのですか？　国の繁栄は保たれますか？」

氷のような声で白水は続ける。

「誰もが剣を持つようになったら？　この国の平和は保たれるのですか？」

彼が言葉を発するたび、さっきまでの熱気が急になくなっていく。議場も、人々も、どんどんとしおれていく。

「皆が自由になることで、本当に幸せになれるのですか？　むしろ、不幸になる者も多いのでは？」

当然、それらの問題も考慮して春蘭は主張を繰り広げたつもりでいた。だが飽くまで性善説の上に成り立つものだといえばその通りだ。

「──皆が自由になれば、理が覆ります。善人も悪人になります。そうなれば国も人も死にます」

どんどん白水の瞳の中の暗闇が深くなっているように見えた。それを見ているうち、白水の言う秩序、という言葉の意味がようやくわかってきた気がした。

恐らく……それは彼が負ってきた歪みなのだ。

彼もまた、海宝が負ってきたのと同じか、それ以上に歪みを背負ってきたのだと思う。

違うのは周りに信頼できる人間がいたかどうかだ。海宝の場合、祖父の文健がそうだったし、今はきっと自分がそうだ。

だが白水はそうでなかったのだろう。分かち合える人がいなかったから、耐えきれずに折れ曲がり、落ちていった。誰も知らない闇の底に。

「保たれるべきは秩序です。理が裏返ることは許されません」

反論の言葉を探すが、すぐには出てこない。

白水の言っていることが、全て間違いだとも思わない。

「たとえば、そうですね。実際に見せた方がいいのかもしれません」

「……実際に？」

考えていると、白水が何か合図を出した。

白水の家臣らしき者たちが現れ、誰かを床に投げ捨てた。両手を縄で拘束された小さな人影。最初は呆然《ぼうぜん》と見ていたが、それが誰なのかわかった瞬間、息を呑《の》んだ。

「……!?」

なぜ彼がここに、どうして。

訳がわからないまま、春蘭は柵があるのを忘れ、一歩前へと踏み出していた。

「良俊っ……！」

体勢が崩れかけたところを、春雷が支えた。そして紫峰が小さく呟《つぶや》いた。

「あいつは、お前のところの――」

「何日も前から、彼は私の屋敷《やしき》周辺をうろついていました。そして今日、私の留守を知ってとうとう屋敷に入ったそうです。『仇《かたき》を討ってやる』と呟きながら」

仇というと、宗元の部下の……。

もしかして彼は、そこまでするほど気に病んでいたのか。

……知らなかった。忙しすぎて、気が回っていなかった。

「その仇とやらを探しているときに、我が家の使用人が彼の侵入に気付いたそうです。焦っていたのか、彼は持っていた武器で使用人たちに傷を負わせました」

様々な感情が駆け巡り、何を言うべきかわからなくなった。

謝罪をするべきなのか。だとしたら誰に、どのように？

「理由はどうあれ、彼は罪のない人間を傷つけました。これは許されるべき行為ですか？

彼の意志を尊重すべきですか？」

「それは――」

傷付いた使用人に対しては、申し訳なかった、と心の中で謝った。だが白水に対して謝るべきかは別だ。ここで謝罪すれば、白水の主張を認めることになる。

とはいえ良俊が罪を犯したのも事実。しかも彼は自分の保護下にあるのだから、当然春蘭の落ち度でもある。前に出たまま、春蘭はどうすべきか迷った。

そうして春蘭が考えていたときだった。

「ごめん、なさい……」

小さな声が聞こえてきた。良俊のものだった。すでに散々罰を受けたのだろう、声を出すのも精一杯だというほど弱々しい響きだ。

胸が締め付けられ、春蘭はさらに自分の行動に迷いを抱いた。

そして、やはり謝罪をすべきかどうかを改めて考えた。

良俊の身にこれ以上何かあってはならない。それだけは防ぎたい――。

春蘭がそうして葛藤していたときだった。驚くべきことが起こったのは。

「謝罪に意味などありませんよ。あなたのような犬なら尚更《なおさら》です」

突然、白水がつかつかと歩き出し、足を上げたのだ。

その直後――足を振り下ろし、彼は思い切り良俊を蹴りつけていた。

強く鈍い音が響いた。

……異様な光景にはっと息を呑み、みな、我が目を疑った。

恐らく、全員が同じことを考えていた。……一体、何が起きているのか。

栄の初代宰相の子息にして、白面秀眉の貴公子。感情を表に出すことはなく、いつも冷静で知的な微笑《ほほえ》みを浮かべている。その威容で他者を圧倒することはあっても、物理的な攻撃性を見せたことはない。

しかし今、初めてその姿を見せた。暗闇の底に閉じ込めた、誰も知らない姿を。

全ての者が声を失っていると、また鈍い音がした。

一度ではなく、二度、三度と続いていく。白水の顔に、躊躇《ためら》いもなければ敵意も悪意もなかった。ただそうするべきだからそうしているだけ、という風に見えた。

だからこそ異様で、春蘭もすぐには声が出なかった。

だが、すぐには止められなかった。何か言った後のことを考えると、それも気がかりだからだ。良俊はこちらの手の届かない場所にいるから、蹴られる以上の何かをされても助けられない。

春雷も、紫峰も、莉珠も動かない。やはり白水だけは違ったのかもしれない。言い負かせる相手ではなかったのかもしれない。だがここまで来て、諦めるわけにもいかない。

どうしたら、どうすれば、何をしたら……。

春蘭の頭が困惑で真っ白になりかけたとき、突如、後ろから声がした。

「――なるほど、犬であればどう扱ってもいいということか」

冷静な声だ。振り返ると子君が何か合図を出しており――直後、どさりと大きな音がした。

音のした方を見ると、何か黒く大きなものが床に転がっていた。

それが何か気づいた瞬間、息を呑んだ。

これもまた――人間の少年だった。

隠密《おんみつ》なのか黒衣に身を包んでいるが、わずかに見える顔の色は褐色だ。棨の人間ではない。

驚き、年齢は、春蘭より少し下くらいに見える。

驚き、子君を見上げた。

すると彼が白水に強い視線を注いでいたので、春蘭も白水の方を見た。

白水は信じられないといった様子で目を見開いていた。

この表情もまた、初めて見るものだった。あの董白水が、驚いている。彼にもう良俊を蹴る余裕はないようで、驚いたまま子君と黒衣の隠密を交互に見ていた。

「何を……しているんです」

表情は冷静さを保っているが、声は少し震えている。

何が起きているのか、春蘭はまだわからなかった。

子君が投げ込ませたあの隠密は何なのかも、なぜ白水の声が震えたのかも。

「貴殿と同じだ。罪を犯した犬を投げ込んだ。その良俊という少年が探していた隠密は、こいつだろう」

「え……」

子君の言葉に、春蘭は思わず声を漏らした。

それから良俊と、隠密の少年を見比べた。

隠密の彼の方が年上だろうが、多分、そこまでは変わらない。そして良俊の探していた隠密ということは……彼が、宗元の部下を殺したということになる。

良俊は春蘭の命令を受けて、宗元のもとへ向かった。隠密の少年も恐らく、白水の命令を受けて宗元の部下を殺した。二人とも罪を犯した。だがそれは彼らだけのものではない。

むしろ命令を出した側にある。

「これは、異国の奴隷だ」

子君がようやく全員の疑問に答えた。

「奴隷を飼う貴族は、昔は桀でも多かったらしい。だが今では少ない。私が知っているのは白水殿くらいだ」

奴隷——という言葉の強さに少し圧《お》された。

確かに今はあまり聞かない言葉だ。二十年前の戦が終わり、貴族主義が強まってからは特に、上品なものとして捉えられなくなったという。

「先ほどの話に戻そう。貴殿は、保たれるべきは秩序であり、理が裏返ることは許されないと言った」

白水は何も言わなかったが、沈黙が肯定を表していた。

「ならばこういうことになる」

隠密の少年を縛っていた縄を、子君が強く引っ張った。少年の身体《からだ》が少し締め付けられたのか、うっと小さくうめき声が聞こえた。

「この奴隷を、今ここで殺しても何の問題もない」

「……っ！」

春蘭は息を呑んだ。たとえ話であればいいが、もしそうでなければ……！

危惧して子君の腕を引っ張った。しかし彼はこちらを見ない。白水も何も言わずにいた。子君の本意を測っている様子だった。どちらとも動かず、時間だけが過ぎた。

少しずつ、白水の表情に迷いのようなものが生まれた。だが、それでも動かない。その様子に子君は諦め、小さく息をついた。

「……そうか」

たとえ話で済んでくれたのだろうか、と春蘭は安心しかけた。

だが次の瞬間、子君が再び何かの合図を出した。

そしてなぜか自らも中央へと進み出た。

春蘭が摑《つか》んでいた腕が離れたとき、今度は鋼鉄の檻《おり》が引きずられてきた。ずず、ずず——という重苦しい音に息を呑んだ後、子君が檻の中から引きずり出したものを見て、さらに驚くことになった。

榮では見ない銀色の髪に、褐色の肌。薄衣《うすぎぬ》越しにわかるほっそりとした華奢《きゃしゃ》な身体。異国の少女……だろう。年齢は莉珠と同じくらいだ。

檻の中、ということは、こちらも奴隷なのだろうか……？

そうして異国の少女に気を取られていたときだった。

不意に何かがきらめいたことに気付いた。見ると子君が懐から小剣を取り出していた。

それは駄目だ、いくら白水を打ち負かすためであろうと、それだけは……！

春蘭が前に出そうになったとき、誰かが強く腕を掴んだ。はっとして振り返ると、秋明が首を横に振っていた。

「でも——」

「……大丈夫」

秋明の声には躊躇いがあるが、一方で確信のようなものもあった。

視線で問うも、秋明はそれ以上何も言わない。

もしかして、秋明は何かを知っている……？

春蘭は改めて子君を見た。子君の顔は平静だ。彼は無表情なことが多いが、その反面、感情を出すときは躊躇わないと春蘭はよく知っている。初めて出会ったときは、彼が流した涙に驚いたものだった。

ならば今は……見守ろう。きっと何かの思惑があるはず。

「知っているだろう。檠の法律では奴隷を殺しても罪に問われない。命に数えられていないからだ」

子君は先ほど白水が言ったのと同じことを口にした。

「それが、秩序だ」

秩序とはそういうもの。

それなのに——白水の顔は白面を通り越して、蒼白《そうはく》になっていた。

あの白水が、明らかに動揺していた。ただ、奴隷の少女を前にして。

「その良俊という少年は桀の人間であるから、暴行を加える程度のことしかできない。殺せば貴殿は罪に問われる。だが、こちらは関係ない」

子君がダン、と強く一歩前に出た。その衝撃に少女がびくりとした。

それから、すすり泣くような声が聞こえた。多分、少女のものだ。

「ま——」

「何だ？」

一瞬白水は口を開いたが、子君が振り返ると、また口をつぐんだ。

「何も言わないなら、私の言葉を肯定するものとみなす」

きらめく刃を、子君が掲げた。それを少女の上に振りかぶる。ぐっと子君が柄を握り込んだ瞬間、小さく声が聞こえた。

「——待、て」

人間らしい恐怖の滲《にじ》んだ、震える声。

確かに聞き覚えのある声だが、聞いたことのない響き。

目の前で見なければ確信できなかっただろう。それが誰のものなのか。

見ると白水が前方に大きく手を伸ばし、口を開いていたのだ。

……まさか、彼がこんな声を持っていたなんて。

子君は小剣を掲げたまま、白水の方を見た。

「今、待てと言ったか？」

子君が言葉を重ねるたび、白水の手が、唇が震える。

「だが、守られるべきは秩序なのだろう？」

白水が展開した理論で、彼自身が苦しんでいる。

子君の話からして、あの奴隷二人は白水の有するものなのだろう。

そして一人目の少年が出てきたときに白水は少し動揺を見せ、二人目の少女が出てきたときに明らかに様子がおかしくなった。

つまり、あの二人は白水にとってただの奴隷ではない、ということだ。

子君はそれを知った上で白水を脅している。彼を敗北させるために。

「いいから……待ってくれ」

白水の精神は辛《かろ》うじて保たれていたが、時間の問題のように見えた。白面秀眉の貴公子の仮面は剥がれ落ち、ただ普通の人間としての、董白水の姿だけがある。

「待つ必要はない。秩序を守るべきであるなら、奴隷などむしろ殺した方がいい。そうした方が、憂いはなくなるはずだ」

「やめろ……っ！」

とうとう白水が大きな叫びを上げた。

その瞬間、子君が同じくらいの大きさで言い返した。

「ならば認めろ、敗北を！」

「……っ」

「貴殿の悪行ならば全て私が知っている！　天海宝を毒殺しようとしたことも、前宰相の死を政治に利用したことも、中秋節で青春雷に偽の月餅を食べさせたことも！」

そう言ったのち、子君は一瞬白水ではなく聖和殿の奥を見た。恐らく、御簾《みす》の奥にいる皇帝を見上げたのだろう。

「皇帝陛下、御前を穢《けが》すこと、お許しください！」

「……！」

子君が改めて小剣の柄を握り直すと、ガタンと大きな音がした。

柵を乗り越えようとした白水が、勢い余って柵を倒していた。

そのまま走り出し、白水は高く掲げた子君の腕を掴んだ。

彼は小剣を取り上げようとしたが、子君の方が身長が高い分、不利だった。ほんのわずか、小剣の柄に届かない。

「陛下……！」

子君に向き合ったまま、白水もまた御簾の向こうに叫んだ。

「どうか止めるようお言葉を……！」

必死の叫びは聖和殿の中で大きく響いていた。

「どうか……っ！」

その悲痛な叫びが皇帝に聞こえていないはずはない。

子君と白水の様子を見守りながら、春蘭は御簾越しの皇帝がどう動くか考えた。

緊張の糸がぴんと張っていた。

もはや誰にも止められない。春蘭にも、子君にも、白水にも。

止められるとしたらこの栄国の頂点に君臨する者——皇帝だけだ。

誰もが御簾の向こうに視線を注ぐ。

もし許可したらと思うと、再び危機感が芽生える。

皇帝の許可は命令に同じ。奴隷を殺せということになり、子君は手を汚さざるを得なくなる。そしてあの少女の命も失われる。

そうなれば止めるよう言いたい。

考え直すよう、春蘭も懇願したい。

そもそもあの少女には何の罪もない。

良俊も隠密の少年も、他人を害したとしても彼らが本当に望んでしたことではないはずだ。ただ責任に囚《とら》われていただけだ。

彼らはこの争いには何の関係もなく、たまたま巻き込まれてしまっただけ。

それは皇帝もわかっているだろう。だから止めてくれればいい。そうすればこんな馬鹿げた芝居は終わる。罪のない子どもたちを不条理から解放することができる。

春蘭は願うように御簾の向こうにいる人に目を凝らした。実際に会った彼は、非常に温厚で優しい人だった。あの人がこんな残虐な行為を許すとは考え難《にく》い。

だから、どうか。白水と同じような気持ちで、春蘭は祈った。

そのとき、御簾の向こうで影が動いた。

突然のことに、子君と白水がぴたりと止まった。他の皆も、全員がそちらを見た。

時が止まったように静まった。しばらく静寂が続いた。

数秒か、数十秒か、わからない。だが異様に長く感じた。

誰もがその先を待った。

何かを言うのか。何かをするのか。一体、どうするのか。

「――止められるのであれば」

やがて――時は、動き出した。

だが動き出したのは時だけだった。

動いた者はいなかった。

誰も意味がわからなかった。

だから、次の言葉を待った。

御簾の奥から聞こえる声は遠く、小さい。聞き逃すまいと耳を澄ました。

「止められるのであれば、止めよう」

皇帝は同じような言葉を繰り返した。

白水の願いを聞き入れた……ということだろうか。

まだ真意がわからない。声も小さく、どのような感情が込められているのかわからない。

注意深く様子を窺《うかが》っていると、次に思わぬ言葉を口にした。

「だが──余の言葉に意味はない」

意味はない、とはどういうことか。

考え、御簾の向こうを見続けたが、わからない。

誰かが答えを持っているだろうかと周囲を見渡し……そして、わかった。

──そういうことか。

春蘭の脳裏に、かつて寝所で相まみえた皇帝の顔が浮かんだ。

人のよさそうなあの人は、いたって普通の人間だった。秩序を握る、圧倒的な覇者の姿ではなかった。秩序に囚われていた。

「皆、今初めて余のことを見たであろう。──これが証拠だ」

ようやくみな、理解した。ところどころで息を呑《の》む音が聞こえた。

ずっとそうだった。春蘭の物語の中に、皇帝という存在はほとんど登場しなかった。

この裁定の流れを思い返してみてもそうだ。自分たちのとりかえを明かしたことに始まり、梦丹霞殺害未遂について玄瑞と争った。それから榮の在り方について白水と争い、子君と白水が白刃を取り合った。

その末に、ようやく皆が皇帝の方を見た。――それまで一度たりとも見なかったのに。子君と白水の言葉で、ようやくその存在を思い出した。

「春蘭、かつて言ったな」

突如自分の名前が呼ばれたので、春蘭は慌てて振り返った。

「余が知らぬところで貴族たちが様々に利権を得ていると。そのことについて考えなかったわけではない。ただ、口を出したところで変わらぬと思っていた。榮という短い王朝の中で、余のことを気に留めている者などおらぬからだ。今の皆の顔を見ればわかる」

都に来てからというもの、武官、文官、民衆、貴族など、様々な者たちと会話をしてきた。だがその中で皇帝のことがどれだけ話題に上がっただろう。

誰が、どれだけ気に留めていただろう。実際に会った春蘭でさえ、思いを巡らせたことは少ない。

「皇后が、私の妻が、私の子を殺そうとしていた――そのことは事前に知っていた」

思いもよらぬ告白に、その場はざわつく。

春蘭はというと変わらず御簾の向こうを見つめていた。……渦中にいた人が、気付かないわけがない。

「いや、予想していた、と言うべきか。だが余は動かなかった。そういうものと思って諦めていたのだろう。春蘭の言う通り……これこそ歪《ゆが》みに他ならぬのだろうな」

気付けば子君と白水も呆然《ぼうぜん》と手を下ろしていた。

都に来てすぐのあの頃は、そんなことまで考えていなかった。皇帝の在り方についてまで口を出すつもりではなかった。だが、今の春蘭の理屈に当てはめればそういうことになる。恐らくあの人は、望んで皇位に就いているわけではないのだから。

「……私も、そう思うわ」

静けさの中、高い声が聞こえた。

一歩一歩、足音を響かせていたのは莉珠だ。

皇帝が口をつぐんだ後、その言葉を引き継げるのは彼女だけだった。

莉珠はゆっくり子君と白水の方へ向かっていく。

一体何をするのか、と少し心配したが無用だった。

莉珠はその場にそっと座り込み、異国の少女の手を取って優しく握ったのだ。

「……大丈夫？」

少女は震えたまま、動かない。それでも莉珠は慈愛の微笑《ほほえ》みを浮かべ、震える手を握り続けた。そしてまた、全員に問うように大きな声で言った。

「……秩序に囚われることに意味などないわ。私とこの子の命に差なんてない。ただ生まれた環境が違っただけ」

その呟《つぶや》きは恐らく、ここにいる多くの者に刺さっただろう。

多分、白水にも届いているはずだ。

「皇族という立場はその最たるものよ。秩序に囚われ、言いたいことひとつ言えない。そんな生き方に何の価値があるの？　父上も、母上も……本当はそうお思いなのではありませんか？」

莉珠は両親に問いかけた後、また少女に「大丈夫、大丈夫」と言い聞かせた。

言葉が伝わったのかはわからないが、優しさは伝わったのだろう。少女の様子は先ほどよりは落ち着いているように見えた。

そして、二人の姿がこの争いを全て物語っているように見えた。

秩序のために命を奪っていいわけではない。皇族だから、奴隷だからと線を引いていいわけではない。誰もが意志を持ち、望むように生きるべきなのだ。

白水も、もはや否定する気はないようだった。

そんなことより、少女の無事にほっとしたのか、ただただぼんやりとしている。常に冴《さ》え冴《ざ》えとしていた白皙《はくせき》はぐったりと崩れ、目元は少し赤くなっていた。

やはり彼も人間なのだ。赤く温かな血が通っている。

「ところで——訴えは二つ、でしたね」

静寂の中に、春蘭の声が響く。

捻《ね》じれ、歪み、転がった果てにたどり着いた静けさ。今や全員がその中にいる。己の意志を、使命を、その狭間《はざま》に得た葛藤を、今全員が見つめている。

「我ら双子のとりかえの罪について。そして、春雷が丹霞様を殺害しようとした罪について」

やや間があって、刑部大臣が頷《うなず》いた。

ここが裁定の場であることを思い出したように、はっと顔を上げた者たちもいた。

「一つ目については、認めます。最初に述べた通り、我々は自分であるためにとりかえを行いました。これについて申し開きはありません」

意志は曲げないと、春雷と共に決めた。言い換えれば、罰があるなら受けるということだ。

「二つ目については、断固として否定します。丹霞様が証言してくださった通り、春雷の罪は意図して着せられたものです。謀ったのは皇后陛下と、玄瑞殿」

皇后と玄瑞は、一連の流れを厳しい目で見ていた。その目が向けられているのは春蘭にだけではない。同盟相手であった白水にもだ。

「それから——白水殿もです。これに加え、あなたには新たな訴えを提起させてください。尭皇帝と手を組み、敵を領土に引き入れたこと。このことへの裁きを受けていただきたい。大臣、構いませんね？」

大臣は当然、頷くしかない。

「では、後は刑部の方々にお任せします。我ら双子と、宰相閣下、皇后陛下、玄瑞殿、白水殿。計六名の判決を委ねます」

白水は何も言わず立っているだけだった。

これでとうとう白水との戦いにも決着がついた。

これまで幾度と対立し、拮抗《きっこう》してきたが、とうとう彼は折れた。ただ一人。支える者は誰もいない。力なき奴隷では何もできない。

「最後に一つ、聞いていただけますか。白水殿」

皇后や玄瑞はともかく、白水の罪は別格だ。敵国と組んだ彼が放免されることはないだろう。もしかしたら今後、会うことはないかもしれない。

「あなたの言うことも正しいのでしょう。確かに秩序も必要です。それは認めます」

全員が科挙を受けたら、誰が田畑を耕すのか。誰もが剣を持つようになったら、果たしてこの国の平和は保たれるのか。その問いの答えを、春蘭はまだ持っていない。

「ですが、秩序だけが全てだとは思いません。秩序を守るために現実の方を変えるのでは意味がありません。現実をよくするために、秩序があるのです」

法律が存在するのは、みながよりよく生きるためだ。縛られるためでは決してない。

「どうか、皆様にも聞いていただきたい。どうか皆様の意志を大事にしてください。周りの方の意志を大事にしてください。曲げたくない気持ちがあれば、戦うことも考えてみてください。よりよい現実を求めるのであれば、秩序を変えることだってできるはずなのですから」

もう一度、小さくかよわい奴隷の少女を見た。

彼女を殺しても構わない法律があるのなら、そんなものは壊してしまえばいい。

「誰かの命を願うのならば、秩序を変えればいい。白水殿。どうか、そんなことも考えてみてください」

春蘭の言葉が広い場内にこだました。ある者には力強い響きとなり、ある者には深く刺さる刃となり、ある者にはささやかな風として吹き渡った。

こうして、一つの物語は終わりを迎えた。

波乱に満ちた戦いは終わった。あとは刑部の判決を待つのみ——なのだが。

「……あー」

重苦しい沈黙が、何分間にもわたって続いていた。とうとうそれに耐えかねたように、玄瑞が重い口を開いた。

「――それで、だな」

誰にどう言ったものか迷っているのだろう。彼は声を掛けるべき相手を探し、辺りを見回している。

皇帝は違う。皇后も……違う。刑部大臣はもはやこの場を取り仕切れていないし、白水はそれどころではない。

ならば――と、玄瑞はぴたりと照準を春蘭に定めた。

「それで……どうするんだ。これは」

春蘭でいいのか、彼自身も迷っているのが声から感じられた。春蘭もこれを受け取るべきか悩んだが、幸か不幸か意見は合致しているように思う。

「こんなもの、数分、数刻で片付く問題じゃないだろう。判決などすぐには出ないはずだ」

少し考えてから、春蘭は頷いた。

内容が内容だ。白水への罰はこの場ですぐに決められるものではないし、春蘭と春雷のとりかえは、そもそもどの法律に当てはめるべきかわからない。

「つまり解散――で、いいのか」

確かにこの場は一旦片付いた。しかし、あと一つ片付いていないものがある。

春蘭は皆の注目を集めるように、こほんと咳《せき》ばらいをした。

「確かに判決が出るには時間がかかるでしょう。ですが、まだ残っている問題が――」

春蘭が説明しようとした、そのときだった。

「――も、申し上げます!!」

突然、鎧姿《よろい》の伝令が慌てて駆け込んできた。

それで皆ようやく思い出したようだった。春蘭が告げようとしていた問題について。

現在、榮は尭と戦をしている。烽山がいつ攻め込んできてもおかしくない状況だ。

そこへいきなり現れた伝令。これが一体何を示すのか、二つに一つだ。とはいえ明らかに狼狽《うろた》えている伝令の様子に、皆嫌な予感を覚えているのがわかった。

「う、運河が……呂江から続く運河の水面が、上昇しております……っ!!」

その報告を受け、怪訝《けげん》そうに玄瑞が目を細めた。

「運河の水面……？　なんだそれは。意味がわからん。どういうことだ」

「く、詳しいことはわかりません……!!　上流で突然水があふれ出し、先陣までたどり着けない状況でして……とにかく、水面が上昇したとしか……!!」

ざわざわと玄瑞以外の者も少しずつ色めき立つ。

その中で、呂江や運河という単語を聞き、紫峰が身を乗り出した。

「……ちょっと待て。呂江からの運河っていうと、海宝の旦那が戦してる辺りか？　あの辺が溢《あふ》れりゃ……戦どころじゃなくなるぞ！」

紫峰の大声に、玄瑞が大声で返した。

「そうなのか？　じゃあまずいだろうが！」

「ああ、まずいんだよ！」

「ど、どうするんだ!?」

「それは、今考えてんだよ！」

――なんとも変な状況だな、と思った。

莉珠と少女が手を握り合っている神聖な光景の中、白水が柄にもなく涙し、子君が無表情でそれを眺め、玄瑞と紫峰が怒鳴り合っている。混沌《こんとん》の極みだ。

だが、これも悪くはない。春蘭だけは一人、笑みを浮かべていた。こちらの状況がなんとなく片付いたように、あちらも上手《うま》くいっているようだ。

「おい秘書官、どうするんだ!?」

「なあ兄弟、どうすりゃいいんだよ!?」

玄瑞と紫峰が同時にこちらを向き、怒鳴った。

春蘭は満面の笑みを浮かべ、きっぱりとこう告げた。

「問題ありません。想定通りですので」

すると全員、「は？」という顔をした。

——同じ頃。

全ては秘書官の想定通りだったな、と海宝は思っていた。

榮軍は橋の周りを全て固め、尭軍を追い込んだ。すると尭軍は自然と橋の周囲から攻めざるを得なくなった。

全ての隊が橋を渡れるわけではないし、橋を渡るのはどう考えても危険だと尭軍は考えたはずだ。橋のこちら側を榮軍が固めている以上、いつでも榮軍が橋を落とせるのだから。

そのためある隊は運河を渡ろうと水に入り、ある隊は橋を架けるため木を集めた。

だがその中で、一人だけ堂々と橋を渡ってくる者がいた。

尭の覇者——赤獅子の風烽山。

燃え滾《たぎ》る炎の如《ごと》く、まさに生命そのものを燃やすかのような雄々しい姿で、何の迷いもなく烽山だけは真ん中の橋から攻め入ってきたのだ。

恐らくは、途中で橋を落とされる可能性をも承知の上で渡ってきたのだろう。

もしかしたらだが、敵国にいる成秀琴《せいしゅうきん》が書状を読み、協力してくれたのかもしれない。

榮軍は橋を落とすつもりですが、上帝陛下ならば渡り切れるでしょう、と。お気に入りの妃《きさき》にそう言われれば、あの単純な男ならそうしておかしくはない。

まあ……本当のことはわからないが。

とにかく烽山は現れた。炎のように赤い鎧を身に着け、長い髪をなびかせて。

自分が戦の神であるなどと過信しているのは癪《しゃく》に障るが、実際、その勢いは凄《すさ》まじかった。

烽山のような大男を易々《やすやす》と乗せられる丈夫な馬を駆り、その名の通り燃えるような勢いで、たちまち橋の半分を渡った。そこからは橋を落とされるのを計算に入れ、馬を捨てて、巨大な矛のみを掲げて走り込んできた。

迸《ほとばし》る炎は燃えるのも速い。烽山は橋のあと三分の一というところまで来ると、矛でこちらを一薙《な》ぎした。その一撃の重さと衝撃に兵たちが狼狽えるのを狙ったのだろう。

――が、海宝だけは揺るがなかった。

次の攻撃に備え、槍《やり》を構えた。そして黒い髪が燃え盛るようになびいた瞬間、正確に矛先を突いた。渾身《こんしん》の力を込めた一撃は、烽山の動きを一瞬止めた。

それを逃さず、海宝は叫んだ。

「今だっ!!」

とうとう橋を落とされる、と思ったのだろう。烽山は手を伸ばして海宝の槍の先端と、橋を固定している杭《くい》を摑《つか》んだ。

杭を落とされれば、槍を掴まれている海宝も危うくなる。

しかも烽山の重さは並大抵ではない。さすがに耐えかね、海宝は腰を低くした。

それを見て烽山はにやりと笑った。海宝が踏ん張れば踏ん張るほど烽山は安定する。橋も掴んだ。もう落とされることはないと思ったのだろう。

烽山が橋から陸上へ渡り切ろうとした、そのときだった。

突如、ドドドドッ、と大地の震える音がした。

気付けば上流から大量の水が流れ出していた。——この時を、待っていた。

「……残念だったな。逆だ」

海宝はにやりと笑い返し、槍の柄を手離した。烽山は一方の支えを失ったが、まだ橋の杭は握ったまま。彼はそれを軸に立て直そうとした。

だが、それより強く、圧倒的な力が烽山を押し流した。一気に押し寄せた水は、運河を渡っていた兵も、橋を架けようとしていた兵も、全ての敵兵をなぎ倒し、押し流していく。

海宝は橋を落とそうとしていたのではない。逆だった。運河の水門を開け、水量を増やしたのだ。

「落とすだけなら、どうせ貴様は上がってくる。だが流されるのであれば、腕力だけではどうにもならぬだろう」

燃える炎は水の前では無力だ。とうとう烽山は水流に圧《お》され、姿を消していこうとした

――が、そのとき、鬼のような眼《め》で海宝を睨《にら》んだ。

「……この程度で終わらん」

「ハッ、そうだろうな。だがこの敗北、よくよく胸に刻んでおくがいい」

不死鳥は炎の中から蘇《よみがえ》るという。この男も同じだ。たとえ水に落ちようと、必ず起き上がり、また立ちはだかってくるだろう。

だが今は安寧を取り戻した。灼《や》けつく炎の匂いは消え去り、濁流もまた下流へと流れ去った。残ったのは広々とした空と、みずみずしく生い茂る草木、そして遠くに見える青い海。

脅威は過ぎ去り、桀には暖かい風が吹き抜けた。

第八章　青雷之柔　蘭花之賢

海宝《かいほう》と景翔《けいしょう》が率いる禁軍が凱旋《がいせん》したのは、夏鳥の羽ばたきが響き、風が爽やかに蓮《はす》の花びらを揺らしていた頃だった。

勝利の栄誉を手にした兵士たちが闊歩《かっぽ》し、悠々と景陽《けいよう》の門をくぐると、彼らは民衆に温かく出迎えられた。自然と拍手が生まれ、歓声が飛んだ。その先頭で海宝が微笑《ほほえ》みを浮かべているのを春蘭《しゅんらん》は珠金城《しゅきんじょう》の櫓《やぐら》から見下ろし、彼女もまた微笑んだ。

栄に生きる民は強い。皇后が梦丹霞《ぼうたんか》の殺害を企てたことも、それを春雷《しゅんらい》になすりつけようとしたことも、宰相不在の間に春蘭たちが白水《はくすい》と戦ったことも、皇族が自らの意義について問うたことも、すでにある程度、噂《うわさ》として駆け巡っている。

それでも彼らは変わらず生きている。

地にしっかりと根を張って、命を燃やし続けている。

噂が広まるのと同じく、蒼岳党《そうがくとう》ら民衆の集団は疑問を提した。この国の在り方をどうすべきか、このまま皇帝を頂く方法でいいのかと。

その話は宮廷へも届いた。今は事後処理に追われて議論を進める時間がないが、それが終われば本格的な議論が始まるはずだ。変わるきっかけが生まれ、歯車が動き出したのだ。ここからこの国はどんどん変わっていくだろう。

春蘭はというと、ひとまず監視付きで政務を続行することとなった。宰相が不在の上、皇帝は再起不能で三司使《さんしし》は不在。後宮は梦丹霞の出産に備えて厳戒態勢となっており、どこもかしこも人手不足だからだ。

今も櫓の下に衛兵が控えており、春蘭のことを見張っている。とはいえ別に邪魔をしてくるわけでもないので、春蘭は気にせず仕事に取り組んでいた。

そんなことを思い返しながら春蘭が禁軍の凱旋を眺めていたときだった。

不意に海宝がこちらを見上げた気がした。かなり距離があるし気のせいだろうかと思ったが、海宝が柄にもなくこちらに手を振ったのでびくりとした。

……みんなが見ている前で、何をしてるのやら。

春蘭は一礼だけして、すぐに引っ込むことにした。そしてため息をつきながら、このあとのことを考えた。

――さて、これからどうしたものか。

今日も仕事はたくさんあるが、気にするべきはそれではない。監視の衛兵でもない。

帰還した海宝にどう向き合い、何をどう言うべきか……それが問題だ。

しかもさっきの嬉《うれ》しそうな表情。あれを見て、より困惑が増した。

……いや、何をすべきかはわかっている。それでも躊躇《ためら》うのは、あまりに自分に似つかわしくないからだろう。想像するだけで身体《からだ》じゅうがぞわぞわする。

「あーっ！」

頭が痛くなってきた春蘭は、大声を出してがしがしと頭を掻《か》いた。

混乱と躊躇いで情緒が変になってきた。とりあえず下へ降り、冷たい水で顔を洗ってから出迎えよう。そう思い、櫓を降りようとしたときだった。

一歩、一歩と、こちらに近づいてくる足音が聞こえた。

春蘭は足を止め、櫓の下を覗《のぞ》き込んだ。そして——目が合った。

「こんな場所にいたか」

嬉しさに満ちた、海宝の黒い瞳と。その輝きを見た途端、考えていたことは全て吹き飛んだ。

銀の鎧《よろい》は戦の激しさを物語るようにあちこち傷がついており、頬にも少し砂埃《すなぼこり》が残っている。しかし夕日を受けてきらきらと光っている様は荘厳で美しい。まるで物語に出てくる英雄のように。

やがて彼は梯子《はしご》を登って春蘭の正面に立った。

すらりと伸びた鼻筋に影がかかり、端整な顔立ちがより際立っている。

「天《てん》海宝、戦陣より帰還した」

「はい。……よくぞご無事で」

嬉しさがこみ上げ、こちらも自然と笑顔になった。

「お前が待っていると思って、馬を飛ばしてきた」

「そうでしたか。馬も大変でしたね」

「ああ、だが問題ない。今頃存分に飼い葉を食《は》んでいるだろう」

いつものようなやり取りを交わし、互いに微笑む。そのまましばらく見つめ合い、視線を外し……春蘭は目を伏せた。何かを待つように海宝は黙っていた。

言うべきことはわかっている。──以前約束したのだ。全てを告げると。

「あの、ですね」

躊躇いがちに口を開いた。

「ああ」

「出会ってから、ずっと言えないでいたことがありまして」

「ああ」

まっすぐこちらを見つめる黒い瞳が、最初に出会ったあの日のものと重なった。

ここまで多くのことがあった。海宝のことを憎いと思ったこともあったし、向こうも春蘭を嫌いだったことがあったはずだ。だが共に苦難を乗り越えるうち、徐々に絆《きずな》が生まれていった。問題が降りかかるたび、その絆は強固になった。

そして今、こうして向き合っている。これからは出会ったときと同じように、嘘偽《うそ》りない自分でいられる。

春蘭は大きく息を吸い、告げた。

「私の、本当の名は――春蘭といいます」

夏の風がそよいだ。

「ああ」

恐れも躊躇いも風に消えていき、二人を隔てるものはなくなった。

「私は、かつて言いましたよね。『奇貨居くべし』と」

「くくっ、ああ」

当時のことを思い出し、互いに笑った。始まりは同盟であり取引だった。当時は信頼もへったくれもなく、あったのはかすかな情と利害の一致だけだった。

「初めてあなたと手を組んだときです。私を一番に出世させ、一番の大金持ちにしてくださいと、約束をしました」

「よく覚えている。なんと不躾だと思ったものだ」

「あの約束があったからこそ今があると思うのです。そして私の認識では、あの約束は有効だと思っています。いかがでしょう?」

「そうだな。取り消した記憶はない」

「では――」

海宝を送り出してから考えていた。

彼を傍《そば》で支えるには、どうするのがいいか。自分はどういう立場で彼に接したいか。これからどういう関係を築いていきたいか。考え、最善の答えが出た。

「あの約束を、叶《かな》えてくださいますか？」

「どのような方法で、だ？」

「宰相閣下の所有する全てをくださいませ。財産と、それから――人生を」

可愛《かわい》らしさの欠片《かけら》もない。けれど春蘭は最初からこうだったし、これからも変わりないと海宝もわかっている。

「それは、つまり？」

海宝の黒い瞳が揺れた。春蘭も目を離さなかった。

「宰相閣下と婚姻を結べば、他の誰より潤沢な財産が期待できると思っています」

次の瞬間、がしゃんと大きな音が響いた。海宝の鎧が動いた音だった。驚くより前に強い力で抱き締められていたので、春蘭はそのまま身を任せることにした。

「叶えよう。どんな財宝も、全て捧《ささ》げよう」

さらに強く抱き締められると、鎧が少しだけ冷たかったが気にならなかった。それ以上に、心が温かいのが伝わってきたからだ。

身体が離れると、海宝の瞳が熱を帯びているのがわかった。

頬に触れられ、どきりとする。

「それで……どうだろう。そろそろ構わないと思うんだが」

指先から伝わる熱で、海宝の言いたいことを理解した。少しだけ考えてから、春蘭は頷《うなず》いた。

「……いいですよ」

そっと引き寄せられ、顔が近づく。こういうとき目を閉じるものなんだろうか、と思っていると、あまりに近くで目が合ったので反射的に目を閉じた。

息がかかり、鼓動が高鳴る。待つ間、緊張で身が硬くなり——唇に温かい感触がしたとき、さらなる緊張で頭がぼうっとした。

「随分、待たされた」

「……は、はい」

「だが、待ってよかった」

近い距離で少し言葉を交わした後、もう一度唇が触れ合った。待っていてもらえてよかった、という言葉を返したかったが、そんな余裕はなかったので、いつか伝えられたらいいなと思った。

それからしばらく宮廷内の混乱が続き、そして――。

「あの――……違和感がすごいんですが」

普段の何倍も重たい頭と身体に、春蘭は顔をしかめた。

牡丹《ぼたん》の花が咲き乱れた襦裙《じゅくん》は、高級な絹でできているため揺れるたびに煌《きら》めき、長い披帛《ひはく》はひらりと優雅に揺れている。高く結い上げられた髪には何本もの簪《かんざし》が挿してあり、椿《つばき》を模した大柄な花飾りが美しく華やかだ。

が――こんなに着飾る必要があるだろうか、という気がする。

「はっ、あんたが決めたんだろ。男としてあたしと結婚するんじゃなく、女としてあいつと結婚するって」

「……返す言葉もございません」

「ふふっ、蘭《らん》様と梅香《ばいこう》ちゃんの婚儀も見てみたかったですわねえ」

面白がってからかう梅香と杏子《きょうし》に、春蘭は苦笑した。

もろもろの処理が終わり、ようやく周りから祝福される雰囲気になった頃、海宝が嬉々《きき》として婚儀を挙げるために動き出した。

その迅速さは普段の比ではなかった。春蘭の両親を迎えるため直々に江遼《こうりょう》へ出向き、百以上にのぼる招待状に署名をし、饗宴《きょうえん》の手配を行った。それら全てを数日で終えた彼は、得意顔で「全ての準備が整ったぞ」と告げてきた。

その迅速さの理由には多分、梅香と杏子の存在があったのだろう。春蘭たちが婚儀を挙げると決めた直後、二人はすぐに春蘭と海宝を引き離した。春蘭を海宝の屋敷《やしき》から引き上げさせ、彼女らが仮住まいをしている紫峰《しほう》の屋敷に引っ越させたのだ。

『な、なぜそのようなことをする……っ！』

『あんたが信用ならないからだろ。婚儀を挙げるまで存分に悔しがりな』

『ふふっ、同意ですわ。婚姻前の子女を傷ものにされてはたまりませんもの』

そんな会話をし、海宝は存分に悔しがった――らしい。

まあとにかくは、迅速に事が運んだということだ。

ちなみにこの優美な衣装を選んだのは春蘭ではない。春雷と莉珠《りじゅ》が楽しそうに上から下まで選んでくれたのだ。

「……こほん。あー、少しいいか」

女性陣で話をしているところへ、咳払《せきばら》いが聞こえてきた。

「あぁ？」

嚙《か》みつくように言い返しながら、梅香が声の方へ向かった。結婚相手――海宝のものと思われる、やや緊張したような声が聞こえてきた。

「いや……花嫁の様子は、どうかと思ってな」

「どうもこうもないよ。自分で見な。――準備できたかい、春蘭！」

春蘭は改めて自分の姿を見下ろし、頷いた。

「うん、大丈夫。すごく重たいのを考慮に入れなければ、だけど」

「お洒落《しゃれ》は我慢と言いますわ。蘭様、今日だけは耐え忍んでくださいね」

杏子の強い笑顔に圧《お》され、春蘭は苦笑した。それから二人は去っていき、代わりに「しゃきっとしな」と梅香に背中を押された海宝が入ってきた。

しゃらり、と音がした途端、春蘭は見慣れない海宝の姿に口を開けた。

普段は長い髪を全て結い上げ、煌びやかな綬《じゅ》が下りた冕冠《べんかん》を被《かぶ》っていた。深い海の色をした袍《ほう》には、錦糸で見事な龍の刺繍《ししゅう》が施されていて、これまた春蘭のものに負けず劣らず値が張りそうだ。

普段着や鎧姿とは違ってなんだか爽やかだ。晴れ晴れとしていて気持ちがいい。婚儀に相応《ふさわ》しい格好だと思う。

「良《い》いですね。これ以上ない晴れ姿です。私の方は……ご覧の通りものすごく着付けが大変で」

披帛を落とさないよう気を付けつつ、手を広げてみせた。

だが海宝は何も言わない。ぴくりとも動いていない。

いつものやつか、と思いながら春蘭は海宝の頬をつねり上げた。すると海宝は飛び上がり、冕冠の綏が音を立てて弾んだ。

「あ、いや、その……っ！」

我に返った海宝は視線をきょろきょろと左右に動かしたのち、観念したようにこう言った。

「……見とれていた」

「そうですか」

「嫌なら……やめるが」

「いや、別にいいですけど」

適当に返事をすると、海宝はほっと息をついた。

それから改めて頭からつま先まで見下ろされる。視線が下へ行くと、すぐまた上へ。そうして何度も見られていると、さすがにむず痒《がゆ》い気持ちになった。

「……もう終わりました？」

「いや、まだ」

「いつ終わりますか？」

「終わらないかもしれない……」

春蘭は大きくため息をついたが、今日くらいは仕方ないか、と思うことにした。

客人たちが集まり、婚儀の宴《うたげ》が始まった。海宝の大きな屋敷はずらりと招待客で埋まり、あちこちで料理や酒が振る舞われていた。招待客は談笑し、ときには野次を飛ばしながら二人を祝福している。

「いやー、おじさん嬉《うれ》しくて泣いちゃいそうだよ」

「春雷はもう泣いてるわ」

秋明《しゅうめい》が冗談交じりに言うと、莉珠が春雷を指さした。

春蘭の晴れ着ほどではないが、相変わらず女物か男物かわからない薄い色の舞踊服を身に纏《まと》った春雷は、嬉しさからさめざめと泣いていた。

「うっ、ぐっ……春蘭、綺麗《きれい》になって……！」

「今朝からずっとこの調子なの」

「あっはっは！　キミらしい！」

秋明は手を叩《たた》いて笑ったのち、莉珠と春雷を交互に見た。そしてにやりと笑う。

「キミのときは泣くのかな～、春蘭」

一瞬意味がわからず、春雷は顔を上げた。キミのときは、という言葉を頭の中で繰り返しているうち、莉珠が顔を真っ赤にしていることに気付いた。

「あ、いや、えっと……っ！」

「もう、そんな話はしていないわ！」

春雷が慌てるのと同じく、莉珠もぷんぷんと声を上げた。

彼ら二人の近況はというと——混乱の最中、それを利用して春雷は自ら後宮を出た。

そして江遼へ戻り、両親に双子の秘密の全てを話した。さすがは双子の親で、二人は意外に驚かず、「お前たちならそういうこともあるか」と受け入れた。

国内が落ち着いてくると、とうとう春蘭と春雷をどうするかという議論になった。

春蘭は当然、このまま仕事を続けたいと言った。春雷は罰が下るならそれに従うと言い、そうでないなら後宮を出て暮らしていくと言った。

前例のない事態に、宮廷内でも地方でも様々な意見が飛び交った。宮廷内は概《おお》ね反対が多く、特に高齢の大臣たちは罪に問うべきと主張した。

だが地方では最大の事件として面白がられ、噂話《うわさばなし》を切り取った抄本が飛び交うようになった。『取替抄』と名付けられたその抄本は、誰が言ったか「青雷の柔、蘭花の賢」という言葉から始まった。

この抄本が広がれば広がるほど、「別に実害はないし、むしろ白水の悪事を暴くのに貢献しているじゃないか」という意見が広まった。

それは都にまで届くようになり、徐々に、若い官僚たちが春蘭たちの側に付くようになっていった。身近で春蘭の仕事ぶりを見ていた者が多かったのもあるだろう。その手腕を買わないのはもったいないという意見が高まったのだ。

決定打となったのは、陣営の者だけでなく中心的な貴族も春蘭の肩を持ったことだった。特に子君《しくん》と玄瑞《げんずい》が味方したことが大きく作用し、とうとう議会での審議に決着がついた。結論は、青《せい》春蘭と青春雷のとりかえを例外として罰せず、今後の在り方についても彼らの意向に任せる、というものだった。

こうして春蘭は宮廷に留まり、春雷は後宮を出た。ちなみに玄瑞が春蘭の肩を持ったのは、「仕返しする前に去られちゃ困る」という変な理由らしかった。

宮廷で男装のまま仕事を続ける春蘭は、いずれ法律も変えてやる、と意気込んだ。女性が科挙を受けてもいいし、官僚になったっていい。ゆくゆくは大臣にも、宰相にもなれる未来を作りたいと彼女は言った。

そうして春蘭が宮廷に残る一方、春雷は莉珠と共に市井で暮らし始めた。丹霞《たんか》の出産とルゥという名のあの奴隷の少女の様子を見守った後、莉珠は皇族という地位を自ら捨てたのだ。

関係性は以前とほとんど変わっていない。一緒に花を愛《め》で、手を繋《つな》いで歩き、昼間は生計を立てるため一緒に裁縫をして、夜は莉珠が眠るまで傍《そば》で見守る、そんな感じだ。

お互い誰より大切に思っているから、のんびりでいいと思っている。

もちろん一緒にいれば意識はするから、少しずつ距離を測りながら、だけれど。

「いやー、子君。これからも先が楽しみだね」

それから秋明は、近くにちょこんと座っている少年の肩をつんつんした。

「良俊《りょうしゅん》くん、だっけ？　キミはどう？」

「ああ、そうだな」

「……何が？」

良俊は慣れない晴れ着を着せられ、どこか所在なさそうにしている。

「春蘭に勉強を見てもらってるんだろう。どんな感じ？」

少し俯《うつむ》き、考えてから良俊はこう言った。

「……先生は、教え方が独特だけどわかりやすい」

「うん、そっか」

先生、という言葉に微笑《ほほえ》んだのち、秋明と子君は自然と盃《さかずき》を掲げ合った。過去の因縁など忘れて。

そして、隣では――阿鼻叫喚《あびきょうかん》の光景が繰り広げられていた。

「梅香ちゃん、手伝ってください！　この二人が餅を喉に詰まらせましたの！」

「はあ？　馬鹿じゃないのかい!?」

床に突っ伏している紫峰と景翔。二人の背中に杏子と梅香は手を振りかざした。

「せーのっ！」

ぐあぁっ、と叫びを上げながら紫峰と景翔は共に崩れ落ちた。それから両者、げほげほと咳《せ》き込む。

「く、っそ……勝負がつかねえとは……！」

「こちらの台詞《せりふ》だ……！　くぅっ、自分が情けない……！」

「勝負？　何のことさ」

梅香が尋ねると、杏子は大きくため息をついた。

「いつものくだらない争いですわ。大方、どちらが多く餅を食べられるかとか、そんなところでしょう」

「くだらねえとは何だ！　男同士の真剣勝負だぞ！」

「そうだ！　俺は一度この男を負かしてやらねば気が済まない！」

勢いよく言った景翔に、梅香がもう一度平手をかました。

「ったく、それで他人に迷惑かけんならご立派だね」

突然のことに混乱しながら景翔は梅香を見上げ、はっとした。そして勢いよく礼をした。

「閣下の又従妹の梅香様！　た、大変失礼をいたしました！」

「謝るのはいいけど、その枕詞《まくらことば》やめてくんないか」

「し、失礼いたしました、梅香殿……！」

「ああ。わかったから顔上げなよ」

梅香はそう言ったが、景翔はなかなか顔を上げない。

「いえ、両親からよくよく言いつけられていたのを思い出しまして……麗しいご婦人に迷惑をおかけするなと」

「どうしたのさ」

はあ？　と梅香は顔をしかめた。

「……ったく、また面倒な奴が増えたね」

梅香と杏子はというと、今では春蘭の強力な助《すけ》っ人《と》となっていた。

梅香は「働き口、探してくれるって約束だったろ？」と言い、杏子は「莉珠様と雷様がいない後宮にいたって、意味がありませんので」と言った。

そして二人とも春蘭の付き人となった。ただ宮女という微妙な肩書きではあるので、強い三人でこれを官僚の肩書きにしてやろうと共に闘っている。

若人四人がそうして和気あいあいとやっている隣はというと——豪快に酒壺《つぼ》を空け続けている宗元《そうげん》と、料理をぱくぱく食べている以賢《いけん》と、絶望的な顔をしている星河《せいが》の三人がいた。

「なんでこんな席に……おじさん二人に囲まれて何が楽しいんでしょう……」

「失礼だな、お前もおじさんだろ」

「なんだ、伊達《だて》な格好してる割に結構歳《とし》食ってんだな。あっはっは！」

宗元が笑えば笑うほど、星河はしなしなとしぼんでいく。

「はあ……楽しくない……」

様々に事情がありつつも、宴席はどんどん盛り上がっていく。やがて太陽が沈み、月が訪れてもしばらく宴は続いた。帰る者は帰っていき、呑《の》み潰《つぶ》れる者は呑み潰れて、少しずつ夜が更けていった。

あと、それから――。

皇后が梦丹霞殺害を企てたのは確かだが、幸運にも実行には至らなかったので、ひとまず謹慎となった。手を貸した弟の玄瑞は、春蘭と同じように監視付きでの執務続行ということになった。

白水だけは敵国と手を組んだことで反逆罪に問われ、牢《ろう》へ入り、彼の所有していた奴隷二人は城内で保護することになった。

兄のラルはともかく、妹のルゥは主がいなくなったことと、環境が変わったことに怯《おび》え、最初のうち食事を取らなかった。しかし心配した莉珠が頻繁に様子を見に行くようになると、少しずつ食事を取るようになったそうだ。

そして梦丹霞が身籠っていた子どもはというと、宮廷の奥で無事に生まれていた。どのような経緯があろうとその事実は祝福すべきものであり、景陽の民も遠方の民も、連日お祭り騒ぎで喜んでいた。

こうして皆、それぞれの道を歩き始めた。未来がどうなるかは彼ら次第だ。

宴の盛り上がりが終わりかけた頃、ある意味盛り上がっている者がいた。

いや、別に盛り上がってはいないか。

春蘭はこう思い直した。……そう、正確に言うと、勝手に盛り上がっていそうな者がいて怖いのだ。しかもそれが今日配偶者となった相手ときている。

ふう、と息をつきながら、春蘭はとりあえず髪を梳《と》かすことにした。重たい晴れ着を脱ぎ、ようやく楽な格好になることができたのに、代わりに別の重たいものを背負ってしまった。言うなれば、責務だ。

宴の最中は何も考えていなかったのだが、帰り際に春雷に『春蘭、頑張ってね……！』と耳元で囁《ささや》かれ、ああ、やはりそういうものなのかと思ったのだ。

――まあ、別に減るものでもなし。

春蘭はいつものように割り切ることにした。

家族というのはそういうものだ。増えることはあっても減ることはない。多分。

腹を括《くく》ると、櫛《くし》を置いて、夜着のまま立ち上がった。もしまだ宴席に誰かいたら嫌なので、大回りして屋敷《やしき》の正房へ向かう。屋敷の二番目の主になったというのに、何をこそこそしているのだろう、と思ったが考えるのをやめた。

誰とも会わずに正房の前までたどり着くと、そこで深呼吸をした。

それから扉を引き、一歩足を踏み入れ——奇怪な光景を目にした。

「く、くくっ……ははは……はははは……」

屋敷の主が寝台に腰かけ、両手で顔を覆って笑っていた。

……ものすごく気持ちが悪い。

春蘭は思わず踏み入れた足を後ろに下げた。が、その途端、海宝がぱっと顔を上げたので、驚いて足がぴたりと止まってしまった。

しばらく見つめ合う時間が続く。最初のうち、海宝の顔色は青白かったのだが、徐々に赤く染まっていった。それからなぜか、彼は何もなかったかのようにこほんと咳《せき》ばらいをした。……何もなかったわけがないのに。

春蘭がじっと睨《にら》みつけると、海宝は誤魔化すように冷静そうな顔をした。

「だ、大丈夫だ。何もおかしなことはない」

「……いいえ、おかしいです」

「気のせいだ！　俺は正気だ」

「……正気な人は自分のことを正気とは言いません」

淡々と言い返すと、海宝は黙り込んだ。そのまま息を詰めたかと思うと、今度は大きく吐き、ようやく本当のことを言った。

「すまない。その、落ち着こうとしていただけだ」

「ではさっきのは失敗というわけですね」

海宝は誤魔化すようにまた笑い、少し気を抜いた。普段の調子を取り戻したのか、微笑む顔はもういつものものになっていた。

「それにしても……来てもらえてよかった」

「それは――」

心から安堵《あんど》した様子で言われたので、気恥ずかしくなって下を向いた。

「――そういうものだと聞いたので」

「ああ。だがお前は例外が多いだろう？」

「それは、認めます」

「来ない場合、俺が行こうと思っていた」

それを聞いてぎょっとしたのち、自分から来てよかったと心底思った。いきなりあの様子で来られたら、奇妙どころの話ではない。

「では……こちらへ来てくれるか？」

海宝は寝台をぽんぽんと叩《たた》いた。その動作で状況を思い出し、また少し躊躇《ためら》った。

「難しければ、俺が迎えに行くが――」

「い、行きます」

反射的に春蘭は言った。そう、海宝とのやり取りは心得ている。こういう感じになったとき、先手を取られたら終わりだ。これは戦だ。

ゆっくりと春蘭は近づいていった。いきなり立ち上がられたらどうしようかと思ったが、海宝は待ってくれていた。こういうときは絶対に約束を守ってくれる。そういうところが……とても信頼できる。

春蘭は安心して寝台のふちに腰かけた。気恥ずかしさから、少しだけ距離を空けて。

「いい匂いがする」

「……春雷にもらった香油を、髪につけてきたので」

「そうか、どうりで」

自然な仕草で海宝は春蘭の髪に触れ、近い場所に座り直した。脚が、少し当たる。

「春蘭だな」

「え？」

「この香りだ」

「あ……そうです」

一瞬、自分の名前を呼ばれたのかと思って焦った。それに気づいたのか、海宝が愉快そうに笑った。

「春蘭」

「は……はい」

「お前があまり名乗らなかった理由が今はわかる」

「え、そうでしたか？」

言われて初めて気付いた。自覚は全くなかった。そうだとしたら無意識下で避けていたのだろう。偽りの名前を名乗るのも、呼ばれるのも。

けれど今は違う。堂々と名乗ることができるし、呼ばれたら返事ができる。

「春蘭」

「はい」

「俺は？」

少し考えてから、こう言った。

「ええと……旦那様？」

「くくっ」

「じゃあ、海宝、さん？」

「どちらも悪くない」

海宝の声が小さくなり、そして近づいた。大きい手で髪を梳《す》かれ、首に触れられてから、唇が触れ合う。そのまま少し下唇を吸われて、また軽く口づけられた。

さっきの奇怪さはなんだったのかと思うくらい優しい。

ただ、こうなると逆に困る。どう反応していいかわからなくなる。

「可愛《かわい》い」

耳に口づけされながらそう言われると、ぞくりとした。

「愛らしい」

嫌な感覚じゃない。ただ、丁寧に扱われすぎて、こそばゆい。

「可愛い」

恥ずかしくて黙り込んだが、そうしているばかりでは申し訳ない気もするので、春蘭は自分からも少し手を伸ばしてみることにした。

だが頑張って太い首筋に触れた瞬間、海宝がびくりと大きく震えた。

「っ……!?」

「ご、ごめんなさい。何か……？」

「いや、違う！　謝らなくていい……」

海宝はしばらく固まっていた。

それから、ごくりと喉を鳴らす音が聞こえた。

その動作でなんとなくわかった気がした。そして、わかったからこそ緊張が高まった。

海宝の吐息がかかると、身体《からだ》が熱くなった。

「……大切にしたい」

「……はい」

「……だから、安心していい」

「……はい」

小さく言葉を交わした後、もう一度唇を重ねた。

☯

湿った暗闇の中、李《り》子君は少しの間追憶に浸っていた。

白面秀眉の貴公子は……暗い牢などとは、一生縁がないものと思っていた。

だからこそ彼を選んだ。師との約束を守るため、国を盤石にするという目的のために、最も強固な地盤が欲しかった。董《とう》白水はまさに揺るがぬ大河のように見えた。

だが……違ったらしい。陽光の下でまばゆく光る金髪も、闇の中ではぼやけて暗い。玉石のような緑の瞳も透明さは失われ、黒く濁っている。

「──董白水」

子君は名前を呼んでみたが、その影は動かなかった。

とはいえ、聞こえていないはずはないだろう。

「ラルとルゥ……だったな。二人は私の保護下にある。特に異変はなく健康だ」

白水は動かないままだったが、やはり聞こえているらしいのが子君にはわかった。その証拠に影だけが少し揺れている。

これまでの義理を通すためなのか、何なのか自分でもよくわからないが、子君はしばらくその場に留まった。松明《たいまつ》の火が爆《は》ぜる音が時折聞こえ、あとは暗闇と静寂ばかり。

何もないのならいい。そう思って子君はその場を去ろうとした。

「……彼らを、頼みます」

そのとき、虫の息のように小さい声が聞こえた。

子君は振り返らず、淡々と返した。

「いずれ外へ出て、自分でやれ」

子君はただ見守っているだけだ。それ以上のことは何もしないし、できない。

奴隷として生きてきた彼らは、誰にも懐かないからだ。白水以外には、誰にも。

「自由になったときに、自分で迎えに行け」

「……自由なんて持っていません。最初から、ずっと」

これに関しては、あまり否定する気になれなかった。菫白水は盤石に見えたが、時間を共にするうち、その揺るぎなさが逆に奇妙に見えることが増えていった。

大河の流れに忠実に沿っているが――だからこそ、他のどこへも行けないような。

そして子君には、ほんのわずかだがその気持ちが理解できた。

子君は一度人生を失い、青文健《ぶんけん》に出会ったことで再び命を取り戻した。だが一度途絶したのは確かだ。あのときの子君に自由などなく、ただ目の前に巨大な壁だけがあった。どこへも行けなかった。

わずかに理解できたからこそ、子君は白水の側近でいられたのかもしれない。

最初は目的も同じだった。秩序を守り、国を盤石にする。同じ場所を目指したからこそ、刹那、分かり合える瞬間があった気がする。

破綻したのは、子君には『秩序』と『自由』の両極が理想としてあり、白水には『秩序』の一辺しかなかったからだろう。道のりを同じくすることはあっても、見据える最終地点は違っていた。

子君が途中で裏切ったとわかっていたのに何もしなかったのも、白水が秩序に従ったがゆえだと思う。子君は自由を選び、秩序から離れた。一度流れたものを大河に戻すことはできないから、白水は流れていくのを見送った。

そして最終的に子君は自由を支持し、白水は秩序に囚《とら》われすぎて逆に秩序を失った。

そんな白水の姿を子君はどう感じていたか――幾度か自問し、答えを得た。

酷かもしれないが、哀れだと思う。そして哀れだからこそ、救える部分もあると思った。

少なくとも……このまま一生不幸になれ、などとは思わない。

「そうだ、それならば」

一つ、考えついた。彼に自由がないならば――。

「いずれ迎えに行けと伝えておく。彼らに」

奴隷だったあの二人にはどのような未来が待っているのだろう。子君には想像もつかないが、予想していることならある。

彼らも恐らく、白水と刹那、通じ合った瞬間があったはずだ。だとしたら彼を切り捨てたりしない。また合わさる部分があるかもしれない。

「……そうですか」

白水の返事は短かった。その声は少しだけ安堵しているように聞こえたが、本当にそうであったかどうかはわからない。ただ、そうあってほしいと子君は願った。

かつて榮《えい》という国があった。

皇帝を頂点とし、貴族がその頂を固めることで国を治めていた。しかし貴族はやがて頂を越え、秩序というものが崩壊した。

崩壊後、人々は自由を求め——慧《けい》という国が新たに誕生した。

慧国皇族は蘇《そ》一族の傍流である。

立憲君主制を採用し、帝《みかど》は君臨するが統治には関与しない形になった。

すなわち行政を取り仕切るのは宰相の天海宝《てんかいほう》。副宰相の凌星河《りょうせいが》、青春蘭《せいしゅんらん》。

彼らの志が燃え続ける限り、さらなる改革が進んでいくことだろう。輝かしく、開かれた未来に向かって。

あとがき

大奥ものを書きたいと言って、中華後宮ものなら大丈夫ですよ、と言われて書き始めたのが本作でした。

せっかくなら男装ネタを入れよう、双子にして女装ネタも入れよう、ヒーローは悪役っぽくしよう、など、好きなものを詰め込んで今のような形になりました。本当に好きなことをさせていただいたので、七巻まで続けられたこと、そのうえ望む形で完結できたこと、本当にありがたく思っております。

こうして完結するまで長い時間がかかりましたが、一貫して思っていたことがあります。ネタバレを含みますので、未読の方はお気を付けください。

ずっと思っていたのは、双子の結末をどうするか、でした。とりかえものは恋愛がテーマであることが多く、結末は立場を元通りにすることで終わることが多いです。

ですが構想を練った頃から、それはしないでおこうと考えていました。とりかえを行ったのはその人らしく生きるため。そして春蘭《しゅんらん》と春雷《しゅんらい》というキャラクターは特に、彼らしく生きることを強く望む性格だったからです。

パターンとして一応、恋愛要素を強く押し出したものを考えたこともあります。しかし双子のキャラクターを考えたとき、不誠実なことはさせたくないという思いが強くありました。そういうわけで海宝《かいほう》、莉珠《りじゅ》、たまに子君《しくん》が交じる、という具合に落ち着きました。

ただその中で、一人だけ悩んだ例外がいました。秋明《しゅうめい》です。双子に最も近い彼が、何の感情もないはずはないと思っていました。ときどき冗談交じりに口説き文句のようなことを言うのも、なんらかの気持ちの表れです。

結果として、はっきりとした感情の線を引くことはやめました。海宝と秋明の関係性を考えたとき、秋明にとってあまりに酷なんじゃないか、全員にとってあまりに救いがないのではないか、と考えたからです。

白水《はくすい》や玄瑞《げんずい》に関しては、思った以上に長い付き合いになりました。特に白水は一巻時点では名前以外の設定がほぼなく、シリーズ化した際の予備の敵として用意していただけだったので、まさかここまでお世話になるとは思いもしませんでした。

双子や海宝とは正反対の思考の持ち主だったため、なんでもやらせてしまおうと振り切って書くことができ、今ではかなり愛着が湧いています。

このように多くのキャラクターが登場した本作ですが、執筆する上でも悩むことが多くありました。何巻出せるかわからない状態でどこまで話を広げ、回収するかが特に難しく、今にして思えば、ああしておけばよかった、と思うところも多々あります。

ともあれ無事に完結することができ、今はほっとしております。多くの方々がお力添えくださり、読者の皆様からもたくさんのお声をいただいたお蔭です。

悩んだ分だけ自信もつきまして、これからの執筆に大いに役立てることができそうです。

これからも、どうか長い目で見守っていただけますと幸いです。

また、本作は新たにタテスクコミックでの連載が予定されております。キャラクターの新たなビジュアルを見ることができますので、是非ともお楽しみいただけますと幸いです。

私自身もとても楽しみです。


最後に、本作に関わってくださった全ての方々、本当にありがとうございました。

読者の皆様、いつかまたどこかでお会いできますように。

一石月下

お便りはこちらまで

〒一〇二―八一七七
富士見L文庫編集部　気付
一石月下（様）宛
ノクシ（様）宛

富士見Ｌ文庫

榮国物語《えいこくものがたり》
春華《しゅんか》とりかえ抄《しょう》 七

一石月下《いちいしげっか》

2022年12月15日　初版発行

発行者　山下直久
発　行　株式会社 KADOKAWA
〒102-8177　東京都千代田区富士見2-13-3
電話　0570-002-301（ナビダイヤル）

印刷所　株式会社暁印刷
製本所　本間製本株式会社
装丁者　西村弘美

定価はカバーに表示してあります。

●お問い合わせ
https://www.kadokawa.co.jp/（「お問い合わせ」へお進みください）
※内容によっては、お答えできない場合があります。
※サポートは日本国内のみとさせていただきます。
※Japanese text only

ISBN 978-4-04-073721-8 C0193

青薔薇アンティークの小公女

著／道草家守　イラスト／沙月

少女は絶望のふちで銀の貴公子に救われ、
聡明さと美しさを取り戻す。

身寄りを亡くし全てを奪われた少女ローザ。手を差し伸べてくれたのが銀の貴公子アルヴィンだった。彼らは妖精とアンティークにまつわる謎から真実を見出して……。この出会いが孤独を抱えた二人の魂を救う福音だった。

老舗酒蔵のまかないさん
初夏の梅酒と七輪焼きの炙りイカ
谷崎泉
富士見L文庫

ミヤマの社
君に捧げる恋の舞

著／一石月下　イラスト／コウキ。

鎮守の神なる杜の神。かつてかの神、
法度を破り、仕えし巫女と恋に落つ——

幼い頃、神社で出逢った一人の少年。背中に黒い羽を持つ無愛想なその少年は、伊津納神社の神様だった——。永遠に歳をとらず、神社から出ることも人と触れ合うことも叶わぬ神様と、一人の少女の切ない恋物語。

富士見L文庫